빈 날
빈 그리움

고백시집

빈 날
빈 그리움

시인 이남용 지음

좋은땅

첫 길 아찔아찔한 날

둘째 길 천둥소리

셋째 길 가을초상

넷째 길 그 겨울 그 고백

아
찔
아
찔
한
날

봄이 오는 강

몇 날 젖몸살 난
봄이 풀리고
갓 난 속살 비가
내렸어

바깥세상으로 난
유일한 물길이 열리고

허연 종아리를 드러낸
맨발들이 물벽을 일으켜 건넜어

손맛 그리워
날뛰는 낮은 하늘은
참 따뜻했어

그리워
깊고 넓게 떼 지어 다니다가
굵고 노랗게 돌아온 봄은

여기저기 헤아릴 수 없이
지천으로 풀어놓고
또 찬란하게 지려는지

백목련 피는 날

불어라 머금었다면
말하라 떨고 있다면
피어라 보았다면

하늘을 내어 다오
이마를 내어 다오
품을 내어 다오

메마른 언어를 돌려보내야겠다
심중 고백을 해야겠다
맑은 그리움을 뿌려 창을 닦아야겠다

꽃샘추위

문을 열자 바람이
턱 밑까지 달려와 멱살을 쥔다
화창한 봄날 웬 망신인가
창밖 따사로운 햇살에
홑대차림으로 나왔다가
불량한 청춘인 양
봄 아직 낯설다

숲의 미학

1. 충만

그곳에 가려면 자연으로 가는
길을 알아야 한다
오래전부터 숲이 있었다
물길 따라 헤치고 가다 보면
울창한 밀림 속
짙은 물감을 풀어놓은 듯
팽팽한 침묵
부서지는 햇살
숲은 이미 절정에 올라 있었다

2. 초대

친구여 숲으로 와요
바위도 나무도 그리지 말고
하늘 바람 별 시 상상하지 말고
내게 곧장 와 숲이 되어 주오
숲이 된 자연들처럼
바위취 각시붓꽃같이
솔가지 끝 별빛처럼 달렸다가
누군가 위로가 필요하면

노란 미소를 눈물 가득 뿌려 주오

3. 결실

거닐다 보면
하늘 물가에 닿아 있다
근처에 길이 있는 듯
낮은 데로 흐르는 길을 따라
팔이 저리도록 받쳐 든
저 인내의 소나무들
정성이더니
막판 무더위가 물러가면
가을이 풍성할 것 같다

4. 귀소

가만히 지켜보았다
언뜻 죽어 보이지만
오랜 세월 나무는
숲의 법칙이 있다
딱따구리와 다람쥐와 개미들에게
속살을 다 파먹인 후
발끝에 힘을 모아

텅 빈 옆구리로 틀어 오르면
돌아갈 채비가 된 듯
예수님은 제자들을 불가로 불러
생선을 굽고
숲은 오래도록 그곳에 있다

5. 꿈

훨훨 나는 꿈
하얀 꿈을 꾼다
깊고 푸른 숲
반딧불이
머리 위로 나는
잠들고 싶은
깊은 쉼터
숨었던 생각들이 풀려
훨훨 나는 꿈
밤새 춤추는 하얀 꿈

물풀 이야기

언제부터 물이 고였을까
이 많은 물별과 물봉선과 물수세미와
물억새와 물옥잠 같은 물풀들이 어떻게 생겨났을까
옛날에 물 아래 물할머니가 물여우와 함께 살았는데
어느 여름 날개가 난 물여우가 나비가 되어 날아가자
너무 심심한 나머지 물방개를 시켜
저 많은 물풀의 씨앗들을 물어다 풀어놓은 것일까

신기하다
아무 다툼도 원망도 없이
누구를 미워하거나 시새워하지도 않고
물밑의 자잘한 본성들이 물에 순종한 채로
고요하게 물에 비친 대로
평화롭게 살아가고 있다

봄의 아침

봄들아 돌문 밖
새 빛의 아침이다

게으름 피우지 마라
눅눅한 거죽을 벗고
머리맡 새 옷을 갈아입고
봄볕 흐르는 개천으로 나오라
물 밑을 흐르는 하늘에 비친
너의 모습

잠든 후 입혀 준
베옷과 두건을 찾느냐
튼 살처럼 녹아 썩지 않았더냐
더 순하고 깨끗해지지 않았느냐
튼실한 힘줄로 일어나
힘차게 걸어 나오라

사방에 이는 숨들이 뺨과 코끝을 스치는
봄날이다

새로 난 고운 빛들아
작지만 야무진 날개로 숨 가쁘게 날아가
아름답게 퍼져라 향기로이 번져라
그리운 나의 하늘 형제들아

매화, 夢精을 꿈꾸다

한겨울 한 國에 속하면서
경계 밖 추방된 아웃사이더들
嚴冬의 골수 뿌리들
비루한 역사 폐기를 위한
당당한 커밍아웃들

늦겨울들판에 두 심방을 열고
심실에 불씨가 돌기까지
잡목들의 땅에 야성의 불이 올랐다
꽃 같은 너희 밥알 같은 꽃들아
몽정하라 개화하라

노화백의 마지막 붓질로
촘촘히 돌아오라
헐벗은 벌거숭이들이
살을 맞대고
한 구들의 온기에 모여 앉아
언 발로 얽힌
세월이 얼마냐

구들구들 깨어 일어나
묵은쌀을 씻고
도탄의 솥을 걸자
고슬고슬 밥을 짓자

홍매화처럼

쉬 잊지 않았는지
어디 머물러 계시는지
짓무르게 보고 싶소

이른 새벽
그때 가신 모습 그대로
연분홍빛 눈매여!

방울방울 꽃燈인 양
고압선철탑 아래
전기 맞은 듯
꼼짝할 수 없소

목련

아, 꽃
눈물 나는

눈물이 수은등처럼 맺힌
아내의

하얗게 그리움이 된
설렘

부서질 듯
부서져 피는 순결 꽃

고향 가는 길

둥글둥글 草家들의 낮은 봄날
내리다 그치다
말끔히 갠 아침

뭉게구름이
결대로 날고
빛들이 이슬처럼 피고 졌다

꽃잎 속 친한 것들을
풍경 채에 걸러
맑게 펼친 날

길은 기다림의 행로
굳이 서두를 것 없어
그리움을 앞세운다

줄탁동시(啐啄同時)의 봄

3월이 다 가도록 봄이
깨어나질 않는다

틈타지 못하게 금줄을 걸었건만
立春大吉하던 봄맞이들이
별꽃을 따라왔다
벌 나비만 두고 떠났는지

서슬 퍼런 폭설이
때 아닌 혹한을 불러
갓 난 봄들을 꽁꽁 얼렸다

처녀들의 울음소리
실뿌리 봄들의 애곡 소리
위로하지 마라

온순하고 순결한 믿음
가난하지만 평화한 날
죄를 자복하는 내면의 소리들

하늘에서 잉태된 봄은
살아있는 것들의 해산을 위해
황금 요람을 버리고

사람의 온기로 몸을 풀었다

밤새 사람이 품고 바둥거리다
마침내 깨어 아장아장 걸어 나온 봄
인생도 십 년 백 년 부대끼다
이렇게 환히 돌아가나 보다

봄날의 유희

홍매화 그늘
암수 한 쌍

삼월의 화사한 볕인 양
뒷짐 지고 너울 쓰고
앞서거니 뒤서거니 거닐다가

거뭇거뭇 해넘이 그림자 속
댓잎 발자국을 흐드러지게 남기고

담장 모퉁이를 돌아
흔적을 감추다

봄의 자객(코로나 바이러스)

봄이 왔느냐
아직 날도 찬데 목도리라도 챙겨라
설 녹다 남은 겨울이 남았다

네가 겨울이냐, 봄의 자객이냐
맞서 싸우자
이놈들아!

들판으로 나오라
광장으로 나오라
부들부들 나오라

매화 한 잎

봄의 혈액, 소녀傷, 수혈 긴급함
봄꽃들 총집합!!!!!!!

혹한에 쓰러지지 말고
자발적으로 집합 바람

잠결, 누군가 피가 필요하다고
목이 쉬도록 울어 댄 밤

잔인한 애니멀 때문이다
냉혹한 애니멀 때문이다

겸손 평화를 가장한 궤계의 종족들
거짓과 변태, 정욕의 최악 종족들

3월이 지나기 전 흉측한 저 머리털을 뽑아 버리고
참을 수 없는 소녀의 저주와
일상의 추행들을 낱낱이 잡아들이자

입속에 감춘 혀를 남김없이 내밀라
바싹 말라 버린 그녀의 영혼을 향해
기름진 혓바닥을 내밀어
참상의 고름을 빨고 피 맺힌 악몽을 뱉어라

누구냐, 이토록 마르게 한 자가
그림자보다 더 얇게 부식된
골다공증의 소녀를 표정 없이 떨리게 한 자가

역사의 머리맡
眞相의 원숭이들을 깨우는 소리

빛의 산지

길이 보이지 않을 때
미련 없이 상처투성이 땅을 버리고
새길 찾아 빛으로 가자
빛이 되어 마음껏 빛을 누리자

누리다 보면 더듬이 대신
인내로 연단된 눈이
믿음 줄을 보리라
촉수를 잘라 버리고
습관을 불태워 새로 난 줄

믿음은
어둠에서 나지 않는다
어둠을 섞지 않는다
어둠마저 안아 버린다

하늘에서 난 빛으로
불쏘시개가 될 것인가
다 타 버린 후
골목마다 나뒹굴며
발목을 지키는 탄재라도 될 것인가

빛이 되기까지

골방 깊이 들어가
오래 기도하고
말씀에 엎드려 참회해야겠다

하나님의 빛이
기쁨 기도 감사로
곳곳에 뿌려져
빛의 산지를 이루어야겠다

돌아오려거든

돌아가자
눈앞의 가증한 것을 버리고
흔들리지 말고
뜨겁게 냉엄한 각오로
산처럼 묵묵히

돌아가
묵은 땅을 갈아엎자
엉겅퀴 덤불을 걷고
원시 근원 가득
콩을 파종하자

콩깍지 안에
봄 향기 가득할 거야
푸른 녹음이 가득할 거야
천지 비밀이 가득할 거야
탱글탱글한 우주 가득

누구의 것도 아니다
起耕하고 파종한 자의 것이다
돌아온 자의 것이다
땅이 되고, 씨앗이 되고
물길이 되고, 햇살이 된

정의의 하늘 아래
공의의 맨몸으로
마음껏 사랑하자
헛된 가죽을 도려내고
후련한 마음으로
바다처럼 하늘을 날자
노래하는 입술로
밤새 빛나는 눈물로

희망

아슬아슬 한 가닥 줄
살다 보면 모두 암벽타기 선수다
멀리서 지켜보면 오르는 게 아니라
강력본드에 그냥 붙은 것
시간이 흐르고 점점 힘이 빠져
봄볕이 초콜릿색으로 변하면
흐물흐물 녹을 희망아

걸쭉한 바닷속 헛바닥아
정상에 오른 늙은 파도야
큰 고난에 든 예수를 향해
미쳐 달려드느냐

절벽에선 절벽을 볼 수 없다
죽음을 자극하는 눈의 형태
절망을 자극 말라
절벽을 벗어야 절벽을 볼 수밖에
눈을 버리고 밖으로 나가라
눈을 잃어야 희망이 보인다

비

울어라
울어라 비야
하늘 아래
깊은 바다로부터 맹렬히 솟구치는
그리움으로

솟아라
솟아라 폭우야
하늘로
더 높은 기다림으로

돋아라
돋아라 눈물아
네 슬픔인데 차마 울지도 못하고
밤새 창밖에 섰느냐

내가 울어 주마
밤새 싫은 기색 없이
성큼 큰물로 오실 그분을 위해

수화

숲을 그리고
일일이 초목과 들꽃에 색을 입히다
말씀으로 할 수 없는 극치의 창조
소리 없는 손의 창조

소란하지 않다
늘 평화롭다
늘 별의 詩를 듣고
마음을 편다

손으로 그리는 세상
향기 가득하고
말하고 듣고 다 닮아 간다
점점 닮아 사랑하고 있다

나의 소년 나의 소녀들

아이야, 네 안에 호수 같은 우아한 사람을 보라
아이야, 네 안에 향기로운 상냥한 성령을 보라
중심을 향해 날개를 펼친 아라베스크 같은 나의 백조들
중심에 서서 꽃잎을 펴는 앙트르샤 같은 나의 튤립들
사람 속에서 사랑이 되어 가는 나의 소년들
사랑 속에서 사람이 되어 가는 나의 소녀들

고물 수집

오래된 수레를 끌고 마을을 돈다
오늘도 어제만큼 심방하다 보니
집집마다 안고 사는 사연들이 빼곡하다
사별한 과부댁 설움 이야기
외팔이 영감님 전쟁 이야기
대폿집 해묵은 사랑 이야기
영 버리지 못할 보물들이
해 질 무렵
골목마다 수북이 쌓여
고물상 고물처럼 만만치 않다

고물은커녕 텅텅 비었지만
주워올 것 말아야 할 것에 후회 없다
사랑하고 나눈 증표들
이별 뒤 뭇별이 된 추억들
보석 같은 이들을 눈물지게 할 순 없다
가치는 마음에 있는 듯
쓰다 버린 필요가 아니라
쓰다 보니 정든 안타까움
오죽할까

사람 사는 일이 사람이고 이웃이고 인생이다
서로 쓰고 나눈 가치고 보물이고 유물이다
詩를 쓰는 이유다

명함

나를 보는 것처럼 당신을 봅니다
지금 내 생각을 비워 당신을 생각합니다
이토록 보고 싶은 것처럼
당신도 날 보고 싶으면 좋겠습니다

당신을 보면 아름다움이 남습니다
당신을 그리면 그리움이 참 모자랍니다
당신이 보고 싶어 당신께 달려가
증표 한 장 남깁니다

두근대는 가슴으로
실오라기 하나 걸치지 않은
부끄러운 裸身을 당신께 보냅니다
당신은 아름다운 날입니다

손길

누군가 있습니다
오랜 정인처럼 익숙한 손길로
상관합니다
까닭도 원인도 모르지만
틀림없이 마주합니다

나를 아세요
난 알 수 없는데
다 알고 있는 듯
내 안에 사는
알 수 없는 권위

법대로 사는 일
순리대로 사는 일
생사화복이 편한 삶
잔물결처럼 평온한 삶

잠 못 든 밤
별무리 진 상상
깊어질수록
이 황홀함 혹시 임이신지
거룩함 아닌지

오오, 실체군요
살아 있는 참사랑
가슴 설렙니다

물웅덩이

오늘도 비가 내립니다
무덤이 떠갈까
슬피 웁니다
지난날을 후회하지만
달리 방법이 없습니다
길 건넌 아쉬움들이
뒷머리를 쓸어 줄 뿐

담아도 부족하고
퍼내도 모자라니
비가 오면 가슴을 후벼 파
불쌍한 것들을 알갱이처럼 품었다
큰비에 펑펑 울어 줍니다

끝 모를 가난과
긴 목마름들이
천륜을 앞세워
함부로 장대비처럼 쏟아붓습니다

터져라 울지도 못하고
마음 뒤로 꽁꽁 숨긴 채
물웅덩이에서 막 퍼낸
청개구리의 눈물을

빌어 올립니다

하늘 비 편히 내려
많은 별처럼 시원한 날
곱게 뵙기를

목욕

옷을 벗기 전
율법을 벗고
젖은 마음을 벗고

본 것 들은 것
맛 들고 정든 습관
싹 밀고 깨끗이 씻은 후

탐욕의 횡격막을 꺼내
판단을 자른다
망막의 물기를 말린다

발목 깊은 순종
배꼽 따뜻한 겸손
아, 뇌 속 깊이 맑아지는
살아 있음

숨은그림찾기

소년신문에는 매일 숨은그림찾기가 실렸다
짤막한 동화와 함께 그림을 숨겼는데
행여 달아날까 잽싸게 동그라미 치곤 했다

어느 미용실 유리창에 비친
극장 앞 은행나무 아래
성큼 남자와 그늘 여자와 쫄망 아이들

빛바랜 사진들
5월 물결, 인파, 태극기
주먹밥, 무명용사, 사냥터
상여, 탄환의 표적들

장면 바뀌고, 목가풍경
생머리에 생생한 민낯으로
구도 밖 원근 멀리에서 뛰어와
들판 가득한 들꽃 사이
몰래 훔쳐보는 놀라움들

삶은 직관도 객관도 아니다
서로 눈길 속에 그윽이 남아
그리움에 풀린 시냇물처럼
진행형의 과거를 묵묵히 살피고

완료형의 미래를 기대고 산다

\# 새로 그린 극장 간판
세월이 흘러도 변치 않는
간판 속 필름들은
화면 가득 지칠 만큼 돌다가
불멸의 영화가 되어
장대비 속 기약 없이 헤어질 뿐이다

시인 패션을 입다

벗는 일은 입는 것만큼 절실하다
옷과 사람 사이
입을 때처럼 벗겠다는
자유로운 선택과 동의의 표시

덜어 내는 일은 입히는 것만큼 절실하다
詩想과 詩語 사이
입힐 때처럼 덜어 내겠다는
운명적인 결정과 동의의 삭제

사람처럼 놓아주려 한다
그의 패션을 위해
시상처럼 놓아주려 한다
그의 詩를 위해

알몸처럼 자유롭게
자연처럼 자연스럽게
가장 멋진 패션가처럼
가장 향기로운
거리를 활보하듯
하늘을 날아다니도록

눈 뜰 수 없는 꿈

말하지 않아도
마주 보지 않아도
약속 없이 안다

최면일까 이 음성 이 눈길
눈 뜰 수 없는 꿈

대신 말하고
대신 비추고
대신 더 사랑하고

꽃보다 향기롭게
당신을 느끼는 황홀한 나의 꿈

귀한 죽음

- 증도記, 문준경 전도사님 -

일생 성실히 살았습니다
일생 바르게 살았습니다
일생 고난이 따랐지만
불평 없이 감사히 살았습니다

오늘 일생을 마칩니다
고난의 생을 마치고
영원히 안식합니다
기쁜 마음에 한없이 편합니다

함께 살 수 있었던 건
주신 믿음 때문입니다
주신 기쁨 때문입니다
주신 증거 때문입니다

함께 계신 믿음으로
일생 의지할 수 있었습니다
일생 사랑할 수 있었습니다
일생 동행할 수 있었습니다

오늘 나를 떠납니다

내게 주신 귀한 죽음으로 당신께 갑니다
당신께 가는 유일한 길로
나를 맡깁니다

베르테르

바람결에
그 맑은 물결에서
흘러나와

숲이 되고
동백이 되고
백리향이 되었다

잠결에
그 덧없는 꿈결에서
걸어 나와

강이 되고
수국이 되고
물망초가 된 사랑

꽃의 비밀

꽃피는 이유
씨 뿌린 손
벌 나비만 아닙니다

흙 덮은
숨구멍 속
쉴 새 없이 불어 준
숨

사람은커녕
벌 나비조차
들 수 없는
범접의 밀실입니다

봉오리마다
향기롭게
핀
은총입니다

밥

내게 밥을 주세요
지천에 깔린 그런 흔해 빠진
일상의 밥을 주세요
세끼 굶어 겁날 것 없는
왕 같은 우리들

배고픈 내게
천해 빠진 밥맛을 주세요
징글징글하게 이골 난
찬 없이도 게눈감춘
그런 밥, 걸밥이라
손사래 치지 마세요
젯밥이면 어떻고 찬밥이면 어때요
산 입에 거미줄 칠 수 없잖아요

밥은 밥일 뿐
더도 덜도 아니에요
생각하면 안 돼요
배곯으면 서러운 법
그냥 밥 달라 하세요
잘난 척하면 비럭질도 힘든 법
그냥 밥 달라 하세요
매운 갓김치 길게 올려

혀가 얼얼하도록
눈물 나게 잡수세요

택배

늘그막에 운이 좋습니다
평생 첫 대운입니다
이미 도착했을 겁니다

청춘 꿈 사랑
그때 질풍노도같이
이십 년을 하루처럼
바람개비로 돌다가

군화 총성 비명 함성
국가부도 IMF
불같이 금을 찾아
또 숨 가삐 돌다가

세월 팽목 노란 리본
국정농단 촛불집회
해킹 피싱 가짜 뉴스에
탈탈 털리다가

선천성심장병 만성폐질환에
미열 같은 삶의 재채기가
늘그막에 잘 도착했나 봅니다

텅 빈 방 택배 하나

비모란 선인장

비모란은 꽃 같은 접목선인장이다
낙엽처럼 뚝뚝 지는 모란이 아니다
비목단이라 아는 체 마라
비모란은 다른 種의 선인장이다

세상 선인장과 달라
땅에 묻은 몸을 기둥 삼아
아래쪽 위와 위쪽 아래를 자르고
두 몸을 꽃처럼 포개고 거듭난 선인장

끝까지 죽기를 각오한
임마누엘의 꽃, 숫처녀의 만삭의 꽃
엽록소 없이 홀로 살 수 없어
식물의 곁을 떠나지 않고
밤새 깨어서 깨어서
통곡하는 대속의 꽃

단번에 땅에 박혀
어김없이 다시 핀
용서의 선인장 구원의 선인장
부활의 선인장 비모란이다

사랑, 그 찬란한 이름

당신 이름 얼마나 사랑하는지
보석처럼 당당히 가슴에 달고 다닙니다
오랜 인내의 결실이라
사랑은 더욱 은혜 같습니다
보호하고 변명해 주고 눈감아 주고
콩깍지 사랑이 원래 그런가 봅니다

사랑은 권선의 열매가 아닙니다
미움이 징악의 심판이 아니듯
사랑은 무조건 참사랑입니다
한 번 열면 닫을 수 없는
거부할 수 없는 운명적으로
치명적인 마음입니다

날이 갈수록 절절해진
새벽, 보석 같은 이름 대신
물안개 피는 하얀 그리움은
당신의 또 다른 이름입니다

장미사랑 장미연인

거투르드 스타인 詩 〈Sacred Emily〉 중
명품 명절을 인용 의역하면,
'rose is a rose is a rose is a rose'
'장미가 장미인 것은 장미가 장미라서'
'장미는 장미일 뿐 본질은 변함없다'쯤

뭔가 은밀하다
연애비번 같다
신성한 에밀리, 은밀히 만나 주오
비밀장소에서 기다리겠소
비번 잊지 마오
난해하다
장미넝쿨 속인가
온실인가
대충 이렇게 시작된 장미연인들

장미 사랑아, 감내하느냐
아무렇지 않은 척
순식간에 자기도 찌르고 애인도 찌르는
사랑은 진통고통이다
펄펄 끓는 화상
견디겠느냐, 치유하겠느냐
장미연인아

이쯤에서 반문한다
"parting is a parting is a parting is a parting"
의미가 무얼까
사랑은 이별에서 이어지는 이별쯤
맞다
사랑은 이별의 예표다
철저히 예시된
처음부터 이별로 가는 사랑, 코미디! 코미디!

죽음이 퍼지기 전, 눈을 떠라
"death is a death is a death is a death"
사람은 사랑도 이별도 예표도 아니다
사랑 따위 이별 따위 예표 삼지 마라
예표는 네게 있다, 네 몸처럼 사랑해라
조건 없이 죽도록 사랑해라

* 'parting is a parting is a parting is a parting'과 'death is a death is
  a death is a death'는 작가의 임의적인 시적표현임

57

지순한 사랑

사랑해
말하지 마
널 사랑해
쉿 슐람미
참을 수 없어
나도 그래
슐람미 너뿐이야
왜 꼭 나야
영원히 너뿐이라 했으니까
서로 볼 수 없잖아
그리움이 더하잖아
자석처럼 당길 순 없을까?
별은 항상 제자리에 있어
달님을 그리며?
지쳤니?
더 순해졌어
나의 슐람미!
사랑해

노래가 된 당신께

그의 기도 그의 소원
사는 내내
그가 나를 성전 삼아
내 안에서 이루신 일
작정하고 펼치신
천국평화

내 기쁨이 노랫말
내 호흡이 멜로디
속삭이고 흥얼거리고
쉴 새 없이 부르신
노래

예정된 자리에서
꼭 듣고 싶어
일생 작정하고 가르친
천국노래

주인을 벗고
종으로 내게 들어와
숨결처럼 들려주신
첫사랑의 노래
마음을 지키시는

순종의 노래

기도가 된 나를 위해
소원이 된 나를 위해
영원히 들려주시는
당신의 사랑 노래

일꾼같이

살얼음이 잡히고 땅이 더 얼기 전
더 많이 수고하자
더 많이 매를 맞자
더 험히 고난을 받고
더 혹독히 고비를 넘고
더 망하고 더 지치고
더 목마르고 더 굶주리고
더 추위에 떨고 더 헐벗자
더 어리석다고 더 약하다고
스스로 더 고백하고
더 낮아져 감사하고
비겁해지기 전에
빈털터리로
아주 멀리 나아가 죽자
더 참혹한 겨울
더 향기로이 죽기 위해

3월의 빈 방

아내여
긴 생머리의 2월과 이별한 후
심란하고 쑥스러운 심정으로
바람 빠진 풍선마냥
비틀비틀 돌아왔지만
여전히 당신은 그곳에 없고
눈에 밟힌
쓸쓸한 방석이 되어
3월의 빈 방을 지키고 있소

立春大吉

오랜만에 아내가 보고 싶어
집을 찾았는데
대문에 엉뚱한 놈
이름이 걸렸다
밤새 끙끙 앓았다
이튿날 놈이 불을 질렀는지
온통 진달래꽃이다

해방의 봄

아버지 해방의 봄이에요
그래 놈들이 물러갔느냐
머리맡 광복을 갈아입던 아버지는
그래 잘 살려 보냈느냐
끝끝내 속 터지는 말씀만 하고
아이고, 깃발 털고 떠납디다

봄이라 알렸느냐
해방되었다 깃발 날렸소
낮짝만 한 입춘대길에다
건곤연지 감리곤지 찍어
대문마다 부쳤소
볕 참 좋구나, 볕 참 곱구나
천지가 광복이요 해방이로고

아버지, 아직 바람이 차요
놈들이 해협을 넘다
숨을 헐떡이더니
산천마다 천식기가 발동했소
아버지여, 궐련의 악습을 끊고
아찔아찔 봄볕에 누워
한바탕 긴 오수를 즐기시지요

해빙기

구슬피 우는
삼월의 새야
그 봄날에 참살당한
들꽃 무덤에 묻혔다가

하얗게 샌
동짓달 긴긴 밤
눈물도 얼고
콧물도 얼어 버린
누이들의
亡國의 노래를 듣는 것이냐

개나리꽃

당신의 그리움을 피우기엔
내 가슴이 너무 메마르고
내 그리움을 보이기엔
당신의 하늘이 너무 높아
잠시 이생의 정들을
이 땅에 묻어 두니
쉬 오시어 노오란 얼굴을 보이소서

변산 바람

꽃은 수두를 앓은 땅의 딱쟁이 같습니다
햇볕이 조물거린 땅에서 엄동설한을 무릅쓰고
키만큼 자란 슬픔을 땅속에 숨긴 채
바다로 간 아이들처럼

색색의 꽃잎과 수술을 전구처럼 품었다가
밤바다 위 엄지손톱만 한 별빛을 밝히는
변산 아씨들아

그 가을 위도로 떠난 사람들을 못 잊어
스멀스멀 바람 탄 파도에 속상합니다
오랜 세월 곰실곰실 앉은뱅이처럼
이별은 아직 끝나지 않았습니다

미처 떠오르지 못한 텅 빈 바다 위
다시 피지 못한 아름다운 꽃들을 그리며
꽃들의 그리움을 쓰고 싶습니다
노래를 부르고 싶습니다

푸른 솔

깃들어라
상상의 가지를 활짝 열고
꿈처럼 내게 와 평화의 문을 열라
독설의 비평을 멈추고
수없이 많은 인고의 솔방울을 거두어
하늘에 깃들라
갈등의 바위를 딛고 일어나
보수와 개혁의 어깨를 풀고
돌 속 흙 속 푸른 이끼 속
샘솟는 풀뿌리들을 기뻐하라

폐허의 광야를 넘어 숨 가쁘게 달려온
환희에 찬 노래 양지바른 노래
고뇌와 탈고의 모진 인내의 세월아
송홧가루 노란 숨결로 날아가
여기저기 하늘이 아름드리 높을 때
온갖 멍든 소리를 품은 가슴을 열고
하늘 향해 들린 저 푸른 소나무
죄의 철갑을 벗고 맨몸으로 가라
화해와 용서와 겸손한 푸른 가지를 내어
푸른 멍의 미래로 늘 푸르러라

유토피아

유토피아 끝자락에 삽니다
천당부터 지옥까지
뿌리 뽑힐 듯
광풍 불어도
꽉 낀 삶이 비닐처럼
찢어지지 않게

유토피아를 꿈꾸며
사람 사는 동산에서
깊은 절망의 물보라로
지르듯 쏟아지지 않게

가장자리 한 칸에
청천의 조각들을 날라다가
한 켜 두 켜 쌓아 올려
고정쇠를 박습니다

첫날밤 달무리 진
아내의 이마 위로
하얗게 솟은 풍란들이
어둠 속 유난히 떨립니다

부활의 새벽

밝음의 소리여
잠잠하자
빛 중에 새 빛을 위해
가장 낮은 사람처럼
가장 높은 나무에 들렸으니

높음의 소리여
숨을 참자
빛 중에 난 참 빛이
어둠 속 죄를 안고
단번에 죽었으니

세상의 모든 소리여
침묵하자
새벽을 덮고 참 빛이
하늘로 부활하였으니
생명의 소리여
숨죽여 기뻐하고 감사하라

운명 교향곡

뇌 바다에 큰바람 치면
樂聖이여, 물마루에 올라
波瀾萬丈하라
연미복 대신 빳빳한 수의를 입고
죽은 자를 연주하라

온 세상 쇳소리들의 붕괴와
표리부동의 멸망을 위해
멈추지 않는 파도를 타고
감탄대로 연주하라
추격하는 저 산 사람을 위해

뇌에 녹아 흐르지 않도록
음표에 갇힌 악상을 퍼 올려
바다의 이질감을 극복하고
막힘없이, 굴절 없이, 자유롭게
있는 그대로 파도쳐라

비늘 치는 푸른빛
세계를 치는 소리
질주 또 변주하라
심해를 뚫는 절정의 토네이도여
심장이 터지고, 영혼이 덜덜 떠는 소리

달도 별도 쉬는
목마른 정적
피를 적시는
운명의 새물소리들
All Finished

이슬

너의 시작은
흐르는 별 중
가장 낮은 곳에
문득 멈춰 선 듯하지만
가을 맑은 숲
그리움에 지친 먹빛의 뱀들이
초록 죽순 속에
하얗게 머금은 수액처럼
오랜 세월 감춰 둔
눈물이었어

가마에 불을 놓다

불을 놓기 전에는
강도 포구도 꽁꽁 얼어
땅은 미동 없이
깊은 시름에 잠겼다

불을 놓자
샘과 바위가 터지고
물결쳐 들끓어
들숨날숨 自然스러워졌다

불 속에서
빛과 色이 낳고
숨과 香氣를 불어넣어
질감과 원근이 입혔다

불길 열리고
가마에 큰불이 일자
新文明들이 物質처럼 일어나
지독한 자폐 속 개화하고 있다

황사 바람

완전한 하늘 밑
온전한 바람은 하나도 없고
능선 뒤 변발의 귀신들이 누런 먼지처럼 넘어올 때
두 눈 잃고 대륙을 헤매다 벌거벗고 황하에 빠져 죽은
아버지들의 눈먼 그리움이 눈물져 돌아오고 있다
텃밭에 핀 마늘 꽃대의 매운 내로 돌아오고 있다

젯밥이 되지 않으려
말라 죽은 잉어들의 아가미 속에 달이 기울면
허다히 굶어 죽은 황달의 강바닥을 뒤져
어제 묻힌 자리에서 살과 뼈를 찾다가
입 찢긴 새벽, 산목숨들을 위해
생살을 보푸라기처럼 한 점씩 갈라
너덜너덜 널어 두고 산 것들을 먹이리라

입 벌린 水魔처럼
산젯밥보다 더 당당히 삼키리라
생육의 참담보다 더 참혹히 씹어 먹으리라
더 큰 심판이 죽음보다 빠르게 쓸기 전
생목숨을 수난의 표식 삼아 먹고 또 먹고
해골이 된 사자의 증오에서 벗어나
빛바랜 삼십 벌 보풀처럼
조금씩 하얘져 돌아오리라

위로가 필요한 땅과 사람들을 위해
발해를 따라 天池에 발을 적셔 돌아오리라
새벽닭 울기 전, 누런 황사가 되어
魂들이 벌 떼처럼 종일 붕붕대며

장미는

장미는 발기(發起)의 꽃이다
어둠을 뚫고 어김없이 분개하는

장미는 발산(發産)의 꽃이다
참을 수 없이 참상을 쏟아 내는

장미는 발설(發舌)의 꽃이다
더 이상 입 다물 수 없는

장미는 발광(發光)의 꽃이다
아, 오월 새벽 햇살 같은

광주

정의는 지켜야 한다
공의는 따라야 한다
사랑으로 끝끝내 지키고
믿음으로 끝까지 따라가야 한다

그날에, 그 무더운 봄날에

자유를 지키자
민주를 따르자
평화를 지키고
질서를 따라갔지만

그날에, 청춘은 더러워지고

강간당한 광주를 위해
소녀의 애인이 되어
지켜주지 못한 통한에
죽을 만큼 죽이고 싶었다

그날에, 시퍼렇게 죽은 친구들을 위해

아, 대한민국 그 이름으로 지켜야 하리
아, 대한민국 그 생명으로 따라야 하리

주먹밥을 위해
그 잘난 민주주의를 위해

전라도

황무지 같은 이름
오랜 세월 포근해졌구나
가시덤불 같은 이름
오랜 세월 참 부드러워졌구나

폭풍 치는 밤
내게 와 밤새 울던 밤
버림받은 천상고아로
하얗게 쓰러져 안긴 밤

아무도 불러주지 않았다
누구도 기억하지 않았다
이상하다
다 타 버린 탄재처럼
차마 버리지도 깨뜨리지도 못하고
자꾸 살폈다

불씨를 살피는 불안인가
눈발같이 너른 호탕인가
앞만 보는 이름
뒤돌아보지 않는 이름
한눈팔지 않는 묵직한 이름
오랜 세월 참 자유로워졌다

꽃잎 한 잎

쏜살같이 들이친 날
꽃잎마다
눈물졌고 파도쳤고
나부꼈다

맨발로 버티다
해 질 무렵
흙으로 돌아갔다

천지 침통하고
세상 밖
음란한 냄새들

들불들아
생 씨를 준비하자
한 잎 한 잎 한 잎
잔 볕에 달려
팽팽히 긴장하자

河水

죽음의 자리 속죄의 자리
나를 버린 곳
강력하게 온화하게
무덤처럼 눕고
혼령처럼 깨어도
달라질 것 없는
일상의 자리

화살 같은 인생아
경계를 넘어
河水까지 날아가리라

쏜 곳을 표적 삼아
부메랑처럼
다시 돌아올 운명이라면

차라리 河水로 나가
남은 목숨을 내놓고
치명적으로 사랑하리라
미정의 모략과
예정된 수순대로
넘실넘실 불신을 넘어보리라

불꽃처럼

냉엄하게
혹독하게
모질게
단칼에 친다

눈길 속
생각 속
마음속
팔다리를
조종하고
지배하려 달려드는
뇌 속의
불꽃같은 것들아

무덤

쌓는 것보다 허무는 짓이 더 험하다
죽어 묻었으면 그만이지
원상태로 돌리라니
살려내라는 건지
특별히 잘 보존하라는 건지
알 수 없다 알 수 없다

사실 속에 누가 누었는지
누가 알까 만
누가 볼까
그래도 혹 짐승이라도 틈탈까
매일 밤 별빛을 놓아두었건만
아뿔싸, 들락날락 생쥐에
들켰다

소름 끼치게 저 흉한 것들이
어찌 알았을까
소름 끼친 날 저 달 속에
묻은 것을

벚꽃

그 잔인한 달을 살아 본
오랜 나무는
한 번도 틔운 적 없는 새순더러
티 내지 말고 느릿느릿
솜털같이 내라
하지만

깡마른 이성들은
선지자처럼 만개하여
세상을 구원할 양
설파하다
인파에 밀려
삽시에
구경거리가 된 채

결국
명성황후의 잔인한
백골이 되어
미풍에도
펄펄 날리다

면도하지 않은 날

낯 들고 다닐 수 없다
낯을 가리다 보니
붉적붉적 더 창피하다
마주친 적 없으니
오죽 더 낯 뜨겁다
바람결도 스친 적 없는
남남인데

낯 들고 다닐 수 없어
바람처럼 피할 수밖에
길 밖에 숨었다가
날이 저물면, 쉬쉬대며
모처럼 낯을 보일 수 있어 좋다
풍인 같은 낯으로도
활보하니 참 좋다

마리

비가 내릴까 마리
이 슬픔 달래 주려나
눈이 내릴까 마리
이 고독 달래 주려나

나는 품에 안았다
나는 품에 안았다

마리 비가 되렴
네 슬픔 달래 줄게

마리 눈이 되렴
네 고독 달래 줄게

마리
마리 나는 품에 안았다

꽃순이

꽃순아
내 주의 언덕을 넘어오라
내 청춘의 골고다를 넘어
부활로 돌아오라
남광주 갈치들의 비린내로 오라
미치게 서러운 풍파의 언덕을
새색시 오줌발로 넘어오라
오월 하늘에 눈물 푸르고
기타 소리 하얗게 울면
그날처럼 내게
다시 오라
내 꽃순아

증거의 꽃

- 무궁화처럼 -

무한한 날
들판 가득
말뚝 같은 날
이 꽃, 이 나무들

약속된 밤
탈취당하지 않을
꿈 밖 생각들
애간장들
짝사랑 내 꽃들

다시는
버림받지 마라
흩어지지 마라
촌티 나는 꽃잎들아
들풀처럼 솟아
흔쾌히 뭉개지자
감히
갉아먹지 못하리라

얼어 죽지 않는 한

하늘 아래
무궁무진
수선스레 피리라

극락江

바람이 들고나는 강
그렁그렁 눈물겨운 달빛 강
저고리를 편 듯
긴 보리밭길

허허벌판
얼굴 없는 그믐이
너풀너풀 돌아와
묻힌 유채밭

노란 물결 속
굳이 경계를 갈라
밤새
슬퍼하는지

저 흉한 것들이
어찌 알았을까
저 달빛 아래
노랗게 묻힌 너를

숲은 깊다

낯설어 서름서름 다가선
숲은 초입부터 담을 쌓고
오래된 적막을 뒤져
낡은 바람길 하나를 내어 준다

잔가지를 제치고
막연히 손에 잡힐 것 같아
표시 없이 은밀히 나선 지
얼마쯤, 나는 숲의 밀실에 있다

숲은 어느새 야성의 긴 링거를 꽂아
이성을 마취시킨 후
미술관에서나 보았을 풍경을 지우고
비정형의 선과 흑백으로 돌려세운다

바람만 스쳐도
숲은 통풍처럼 소스라치고
닿지 않을 만큼
또 깊어졌다

고독死

- 철이를 위해 -

짝 없는 외로움 짝 잃은 슬픔
고독하게 한다
굳이 죽을 일도 아닌데
절절이 그리워
앞서 진을 친다

맹세코 믿는다
고독은 그리움으로
그리움은 기다림으로
기다림은 막막하지 않는
소망으로 다시 만날 것을

머무는 날

- 出喪 -

밤새 젖은 뜨락

흠씬 젖은 꽃분들

시간이 잘 마르도록

노란 햇살을 펴

고요히 머물게 하다

달빛 섬

밤바다
물결 큰 바다에
애수에 잠긴
연인들은
마지막 풍랑 속으로 떠나고

난폭해진 파도에
부서졌는지
밤새 울다
흩어진
괭이갈매기들의 달빛 섬은

천국도시

도시는 천국이다
길마다 순례자들
먹거리 놀이거리
실컷 마음껏
온 세상이 눈요기감
도시는 영혼이 쉴 만한
천국으로 바글바글하다

딱 하루
주일이 오면
교회가 이리 많은지
발맞춰 일제히
온 도시 복음과 찬양 메아리
'회개하라 천국이 가까이 왔느니라'
일주일분 회개하고
천사가 되어 돌아간다

와, 도시는 천국 맞다

한사리

春分의 바다
월경 시들해진 해녀들
달그락달그락 가슴이 벌렁대고
초경 같은 신열이
시도 때도 없이 오르는
숫처녀의 바다

어미가 그랬듯
넘실대는 한사리가 있었지
돌덩이 남정네들이 파도에 밀려
찌그러진 바다 밑으로 흔적 없이
사라진 후

그녀들의 바다는
젖몸살 앓는 아내들이
한 망태기씩 바다를 거두어
어린 것들의 꿈길로 돌아오곤 했지

물질의 바다
조개 하나 해초 하나
오랜 폐선의 이름 하나
비리지 않게 하나씩 뱉어 내곤 했어

잡종들의 개펄

검고 질척한 개펄 속
자칫 곤욕 치루기 일쑤라
추를 달고 곤죽이 된 채
저물도록 내장을 뒤진다

산 것들의 개펄엔
그만큼 죽은 것들이 있어
윤회하여 더 번성하라고
장방형의 굴을 파 놓는다

벌써 사흘째
질퍽질퍽하던 주꾸미도
흐물흐물 세발낙지도
누명을 벗겨 준
소라들의 돌무덤으로
돌아오지 않았다

아랫눈시울 퉁퉁 부어
툭 비어진 짱뚱어들의 새벽
순종들의 파수를 뚫고
수억 톤 플랑크톤들이
수만의 잡종들을 밀어
개펄을 풀어내고 있다

낯가린 바다
風人들의 꽃이
몰래 피고 있다

모과

밭 오이로 나서
나무에 달려 과일이 된 木瓜
과일같이 달달한 오이
어머니 약손처럼 지긋한 채소

과일로도 채소로도 살라
사람의 사람으로도 살라
부모형제처럼
선남선녀처럼
사방팔방 귀 기울여
이웃하며 살라
즐겁게 섞여 살라

이랑에 선 木瓜야
과일이든 채소든 눈 두지 마라
갈등과 혼동은 서로 한 몸
다사로이 절로 풀게 두라

개입 마라 사람아
모과는 모과다
갈증 나고 시장할 때
먹고 시원한 위로
깊은 향기

향긋한 화평
천대받지 않는 열매

용서도 화해도
평판도 이해도 상관없이
오랜 기억보다 먼저
그곳에 있었다

막걸리

노을 녘
술이 익다
누룩이 깊다

사랑 만용 이별
먹에서 풀려
가슴에 물결지다

오랜
세월을 풀고
이제야 얼큰해진 나의 술
나의 詩

비 오시는 날

비 오시는 날

바람에 달려 바람 되시길
눈물에 달려 눈물 되시길
꽃잎에 달려 꽃잎 되시길

그렇게 처마 끝에 달려
세월처럼 스미시길

비 오시는 날엔

아낌없는 사랑

아낌없이 다 주어
당신껜 없습니다
내게만 있을 뿐
아까울 것 없다는
당신께 죄송할 뿐

당신과 당신처럼 살다니
기쁨이 흘러넘쳐
참 아깝습니다
기쁨 모아 살겠습니다
남김없이 기뻐하며
허비하지 않겠습니다
영혼마저 기뻐 살겠습니다

아껴 다 산 날
아낌없이 당신께 돌려드리겠습니다
이미 돌이 된 그리움을
나 대신 돌려드리겠습니다
이미 애착이 된 기억을
사랑 대신 남김없이 돌려드리겠습니다

다만 당신께서 시작하셨으니
아까워서

당신께 받은 그대로 가져가겠습니다
지우지 못할 걸 아시니
흔적 없이 다 가져가겠습니다

시의 상상

덜어 내야 할
순간들
지문을 정해
막을 열면

장면마다
몸부림치며
싱싱하게 울다가 웃다가

숨은 맹독의 모서리에 부딪히기라도 한 듯
순식간에 피멍 든 삶의 순간들

이쯤 되면
감춰 둔 이성들이
본색을 드러내
獄에 갇힌 감성을 풀어
관능의 춤을 출 것입니다

치명적인 상상을 불러내
파국으로 아우성칠 것입니다

하강과 파국

거짓말 같은 새벽
거짓말처럼 깨어
손때 묻은 책들을 나누기 시작했다
법률 정치 경제 노동 사회 문화
그럴싸한 제목을 붙여 분류했다

처음엔 가장 높은 곳에
청춘 理想 같은 것들로 당당히 채우다가
갈수록 아래로 점점 더 아래로
삶의 기여도 낮은 것으로 취급해
아예 후미진 곳에 처박아 버렸다

그랬더니 그 많던 책들이
거짓말처럼 흔적 없이 사라지고
모호한 가치들이 거짓말처럼 흩어졌다

가만 보니
처음부터 필자의 의도대로
설정된 가상의 인자들이
약한 곳을 틈타 무장공비처럼
각자의 역할을 철저히 수행하고 있었다

고가의 바코드를 훈장처럼 달고

화려한 표지를 입고 환하게 웃고 있었다
결정적인 정보 전달은커녕
행간마다 의미를 가장해 최면을 본격화했다
입술에 감춘 독성의 가래를 뱉지 않고
목젖 깊이 숨어 은밀히 잠복했다가
때마다 탐욕과 정욕으로 돌연변이 하곤 했다

화려한 명분에 숨은 무서운 거짓말 거짓 인자들
거짓으로 조장한 거짓 생각 거짓 마음들
무기력하게 조종당하는 걸 보면
분명 거짓말 에이즈에 걸렸다

고가의 책에 치료법이 없다
베스트셀러가 회복시키지 못했다
길은커녕 가시덤불만 더 무성했다
내 생각을 훤히 들여다보듯
허망한 만화경으로 조롱거리 삼았다

간혹 겸손한 권면도 지혜도 있었지만
더 이상 무너지지 않겠다 무시했다
철저히 벽을 쌓고 세상을 차단했다
스스로 지은 지식의 의자에 앉아 있었다
몇 달을 투사처럼 버텼지만 다 허사였다

텅 빈 어둠 속 뭉툭 잘린 삶
금지된 어둠에 갇혀 다 부질없는 짓
금지된 자유 금지된 생각 금지된 희망
족쇄를 자르고 탈출을 죽기로 각오했다
텅 빈 마음 텅 빈 책장 텅 빈 뇌 속
족쇄가 풀려 거짓말처럼 평안해졌다
안온한 은혜 속에 깊이 있고 싶다

거짓말같이 새로운 날
물처럼 순하기로 했다
선택한 이의 순한 물이 되어
강물처럼 겸손히 흐르다가
깊은 산 옹달샘인 양 졸졸거리며
기색 없이 점점 온순해지기로 했다

땅과 초목과 살아있어야 할
모든 생물들 유유히 흘러야 할
삶들이 본질에서 발원해
크고 작은 협곡과 계곡을 타고 흘러
먼지들을 꼼꼼히 씻어 주기로 했다
갈등과 확산이 범람하지 않는 한
위기절정 충돌하기 전
빠짐없이 결결이 쏟아 내기로 했다

큰물 진 후에야
겸손하게 하강과 파국의 바다로
흐르기로 했다

그림자놀이

- 제주 4.3 사건 위령들을 위해 -

섬에선 노을조명을 끄고 촛불을 켜면
천지간에 바다가 은은한 홀이 된다
그림자놀이 때가 된 듯
해안선을 따라 이리저리 물결쳐
날치가 되고 갈매기가 되고
반딧불이 같은 자잘한 별무리들이
훨훨 날며 그림자극을 예비한다

선택할 여지가 없다
바다에선 바다의 모든 것으로 갈아입고
놀이에 참여해야 한다
섬 자체가 그림자며 전체가 스토리
그림자를 화면 가득 펼치고
실루엣의 바다를 향해 주마등 켠 섬

싸늘히 식은 炻漿 곁 횃불 든 사람들
삶을 지고 나갔다 돌아오지 않는 사람들
쫓고 쫓기는 살인극 더 이상 달아날 곳이 없다
긴 파도 속 차라리 횃불을 피해
수평선 너머 달아나기를 반복하다가
불타는 바다 잿더미 섬사람들은 실물처럼

바다를 안고 죽어 버렸다

주검을 검시(檢屍)하는 바다
인과(因果)를 찾는 투시의 시간
집 대신 섬그늘에 나와 잔 아이는 왜일까
섬이 자장가를 부르며 품었을까

소년에겐 토끼가 있었지
벌써 노인이 되었을 거야
총에 맞아 혼절하지 않았다면
누구냐 이제야 두 귀를 만지작거리는 자가
실루엣의 허구라고 덮으려는 자들아

섬은 바다가 만든 복제물이 아니다
스스로 빠져 죽어 오랜 파도를 품고 넘실대다가
달 오르면 그림자 같은 섬의 다큐멘터리를
하나씩 풀어놓는 제주바다는

촛불에서 들불까지

사막에 눈 내리면
편견의 트렌치코트를 벗고
우울한 런던 거리를 떠나라

사막에 눈 쌓이면
오만의 견장을 떼고
흑인 소년들의 힙합 걸음으로 나오라

사막에 눈 덮이면
신문 한 장씩 챙겨
촛불 피워 아스팔트로 나오라

사막에 눈 녹기 전
1919년 4월 13일 첫눈이 내린 후
아흔일곱 해만에 滿開한 설국을 보라

* 참고 : 1919년 4월 13일 대한민국임시정부수립일로
97년 후인 2016년 전국적인 촛불집회가 열림

열고 닫기

세상은 처음부터 닫혀 있습니다
세상보다 커다란 서랍에 갇혀
열렸다 착각할 뿐
한 번 닫힌 세상은 철저히 닫혔습니다

청춘 사랑 야망
비벼 끈 꽁초와 몇 줄의 연애편지
늘씬한 금발 사진첩
분주한 척 마라 게으름아
답답해 안 되겠다

나가자 일단 나가 보자
열린 틈 타 밖으로 나가자
이럴 수가, 신선한 자유를 두고
갇혀 있었다니 억울하다
자유여 투쟁하자 쟁취하자

상냥하고 자유로운 도시로 가자
싱싱하고 상쾌한 거리
즐길 거리 넘치고
째깍째깍 한계 없는 우주
아예 시간을 넘자
돌아보지 말고 냅다 넘자

미래로 더 미래로 가자
발목 잡히지 말고 뜀틀 삼아
단번에 다른 날로 가자

안개다, 철저히 안개뿐
어제도 오늘도 철장 속이다
밖으로 나갈 수 없다
탐욕 술 취함 음란
거짓말 배신 자살
길목마다 보초를 섰다

절망 분노 후회 어떤 죄도
쓰레기처럼 스스로 버릴 수 없다
남김없이 쓰고 읽고 외고
붙들고 있어야 한다

태초에 하늘을 열 때
거기 세상이 있었습니다
세상을 여니 하늘이 열리지 않았습니다
깨면 열고 잠들면 닫지 못했습니다

서랍처럼 열고 닫지 못하게
천지를 내 안에 두었습니다

날 때 미련한 죽음을 알고
내 안에 천지를 열고 닫아 버렸습니다

말벌 아내

나는 호박색 몸에 검정 문신을 허세 좋게 두른 벌입니다
강하면 꽁지 빼고 약하면 맹렬한 벌입니다
할 줄 알고 유일하게 즐기는 일
교미뿐 양육은 내 일이 아닙니다
할 줄 아는 게 없으니 일은커녕
맘대로 상상하고 즐거워할 뿐
배부른 아내는 종족번식에 여념이 없습니다
생활비 교육비 일꾼처럼 일해도 부족합니다

교미 후 탈진해 힘이 빠졌습니다
별별 수작으로 운 좋게 버티지만
머지않아 가차 없이 추방될 것 같습니다
여왕처럼 살게 해 주겠다 콧방귀 맞습니다
경수 끊긴 아내 여왕벌이 아닙니다
포기할 줄 모르는 맹렬한 전쟁벌 투사벌
무시무시한 어미 말벌입니다

영역을 침범해선 안 됩니다
사자 호랑이처럼 최상위 포식자입니다
벌이만 되면 밤새 설레고 애태웁니다
어김없이 나타나 아낌없이 희생합니다
독식한다 비난하고 손가락질하지만
찬밥, 쉰밥, 잔밥 가리지 않습니다

절대 먹을 것을 버리는 법이 없습니다
밥으로 장난하면 여지없습니다, 벌합니다

자식 사는 세상을 위해하는 자, 각오해야 합니다
엄청난 해충을 먹어 치우는 장수말벌이 날아듭니다
해악을 애초에 말살할 것처럼 아내는
오늘도 무섭게 비행합니다

삶의 디자인

광주 비엔날레 디자인전
'圖可圖 非常圖' 추론하면
'디자인이 디자인이면 디자인이 아니다'
곰곰이 생각한다
거울에 비친 내 생각 내 의지 내 감정
누군가 훔쳐본다는 황당함
벌거벗겨진다, 발가벗는다, 갈아입기 위해

뿌리가 다르면 줄기도 잎도 꽃 열매 다 다르다
種이 다르고 터가 다르니
가치관도 디자인도 천차만별이다
사람도 상황 따라 다른 디자인 아닌가
물속 물고기처럼 물 따로 물고기 따로
개체대로 창조하신 하나님의 것들이
더불어 살다 보니 하나가 변할 때마다
속절없이 디자인을 달리할 수밖에
사람의 창조가 인간진화라는 반증

삶도 그러리라, 유년이 다르고, 노년이 다르고
네가 다르고, 내가 다르듯 노정도 다르리라
양대로 질대로 실용처럼 됨됨이가 다 다르리라
디자인이 바뀌어도 유일무이한 목숨

숨이 달라지면 육신도 주검으로 바뀐다
죄인 되지 않도록 애쓸 뿐
참수형, 전기의자사형, 교수형
돌팔매형, 총살형, 치사주사형
마지막 숨을 죄의 대가로 빼앗길 순 없다
삶을 구별해 살 뿐이다
현재의 디자인에 감사하며 살 뿐이다

지렁이, 참을 수 없는 징그러움

긴 목마름에 죽은 듯 돌돌 숨었다
비가 쏟아지면 물 만난 것들의 세상
숲에서, 밭에서, 하우스에서 몰려나와
빗속에서 비를 타고
뒷골목 주점 홍등가로
악바리처럼 쥐락펴락 휘졌던 것들

비가 멎자, 집집마다 숨었다만
잠시 후 볕으로 쏟아져 나올 거다
땅을 삶듯 열기를 푹푹 달아
불길을 길에 널고, 거름통마저 뒤집어
물기를 탈탈 털어 버릴 거다
하수구를 들쑤셔 버릴 거다

목말라 죽이려 데려왔냐
배곯아 죽이려 여기까지 데려왔냐
나온 곳으로 돌아가자
마실 만하고 먹을 만했다
가자 돌아가면 죽지 않으리라
천한 흙 속의 지렁이들아

거리마다 길마다 혼절했구나
지글지글 타죽고 뒤틀려 말라붙었구나

전차가 뭉갰느냐 온역이 덮쳤느냐
불쌍하다 애통하다 흙의 생기들아
깨끗해져라 흙처럼 거룩해져라

삶은 목적이다, 수단이 아니다
끝끝내 살아남아라, 번성해라
멸시하는 놈 능욕하는 놈들이
누구냐
참을 수 없이 징그러운 놈들!

哭婢

한 번도 남 위해 운 적 없다면
한 번쯤 거울 보고 오롯이 울 일입니다
남들처럼 살다 홀연히 떠날 때 되면
왜 그리 울어 쌌는지
천대받을 만한 불쌍한 기억도 없는데
만장처럼 흐느낄 때입니다
哭婢처럼 울어 줄 때입니다

남 위해 곡합니다, 亡者 위해 슬퍼합니다
슬픈 일 가슴 아픈 일 몽땅 털어 줍니다
억울함이 남지 않게 죽을 만큼 펑펑 울어 줍니다
두 눈 흠씬 뽑아 들고 참회합니다
죄 짐을 대신 짐 진 보혈입니다

一場春夢 더 이상 없습니다
그림자조차 사라져 오지도 가지도 보지도 듣지도 못합
니다
지금 남을 위해 울고 싶은 사람은 모두 哭婢입니다
하늘 향해 기도하는 착한 곡비들입니다
발길 떨어지지 않는 담장 밑
촘촘히 핀 봄맞이들의 숨죽인 울음입니다

* 참고 : 1. 哭婢는 장례를 위해 상주 대신 울어 주는 사람입니다.
2. 봄맞이는 야생화 중 하나입니다.

체스

- 공명선거를 위해 -

죽음과 맞서 체스를 두는 사람
최후심판 죽음의 무도, 체스
미카엘의 모래시계가 멎으면 게임오버
이성과 뇌로 쪼갠 치열한 경우의 수
전진 빠르게 왕관 앞으로 전진
마병들아 길을 열라 밟고 넘어라
멋대로 발작하지 마라 분열은 죽음
죽음의 고립 죽음의 공포
분리하라 영역으로 돌아가라
분리는 끝일뿐 상쾌한 자유다
영과 혼과 육체의 허망을 벗어라
체스는 고립을 푸는 분리 게임

선거는 죽음의 체스가 아니다
공포에 빠졌다면 즉시 자리를 떠라
누구의 공포냐, 껍데기를 깨라
공포가 남았느냐, 허망한 집착아
공약을 다루는 한 판 파티
국민 대신 공정하게 겨루는 국민잔치

좌파우파 진보보수 기수들아 국민 앞에 서라

깃발의 가치로 당당해라, 탐욕하지 마라
즐겁게 훈수하고 질타도 하는 신명난 놀이판
선거는 모두를 살리는 구원사역이다

바다를 떠나다

- 위도여 팽목이여 -

돌아갈 날이 가까울수록
철저히 나를 감시했다
해달별 그늘에 누워
그리움에 좌표를 놓던 사이
바다는 어느새 나를 결박했다

우주는 이미
심하게 너덜거렸고
바닥난 체력으론 더 이상
파도를 막아 낼 수 없었다

깨진 우주의 파편들을 모아
집채 같은 파도에 실려 보낸 후
바다는 고장 난 육체를
부표에 달아 섬처럼 고립했다

때가 됐다, 큰물이 지면
온 바다를 뒤섞어 침몰하자
육체의 닻을 풀자
분명 우주를 울리는 소리가 있어
낡은 거죽을 두드리는

영혼의 소리들

엔진을 켜라 그리움아
우주의 좌표로 폭발하라
분리하라, 나의 육체여
힘차게 발진하는 영혼의
마지막 소리를 듣겠다
부활하라

커피 볶는 밤

달그락달각 은밀한 밤
불그락푸락 속 깊은 밤

쥐 죽은 듯 귀 깊은 소리
달빛 밟는 숨 넘김 소리

나 금방 왔어
가만, 조용조용

아! 떨떠름해 내 혀
아! 자작거려 너의 불!

사랑의 경적

비켜 모두 다 비켜
죽지 않으려면 다가오지 마
책임질 수 없어, 비켜
유행가 가사처럼
폭주하는 덤프다
궤도 따윈 필요 없어
알 필요도 없어
알면 더 귀찮아
가까이 오지 마라
경고를 무시 마라
죽을 수 있어, 믿어 줘
날 믿어! 그래야 살아
사랑은 운명을 거절할 수 없어
넌 살아야 해
죽든 살든 네 맘대로 하지 마
이별을 더 이상 허락할 수 없어
더 이상 개입하지 마라
사랑은 절대 죽지 않고
목숨의 그림자가 되는 것이다

소리

숨을 멈춰, 내뿜지 마
산소와 이산화탄소 교환을 철저히 차단해
제까짓 게 어디로 가겠어?
못 참으면 대가리 처박겠지
물속에 처박혀 본 놈들은 잘 알지
가스배출 잘되는 곳이 물밖에 없다는 걸
소리치고 싶으면 마음껏 외쳐 봐
물고기처럼 아가미치란 말이야
개구리같이 시끄럽게 떠들지 말고
뱀들의 아가리를 쫙 벌려

눈앞의 친한 것들을 서로 처먹어
딴 놈들도 다 그렇게 살아
눈코입귀 항문처럼 틀어막고 참다 보면
정신이 몽롱해지고 환청이 들릴 거야
방언이 터지는 거지, 그러면 사는 거야
시궁창에서도 황사 바람 속에서도
독가스실에서도 살아남는 유일한 생존법이지
죽어야 살아남는 역사, 겪어 봐서 잘 알잖아
죽음은 역사를 이어가는 유일한 생존법이거든
죽어야 산다고 성경도 말하잖아
진실은 죽어야 진짜가 되는 거야
알고 있는 모든 것을 진실이라고 믿지 마

양 손바닥 마주쳐야 소리 되듯

사람이 만들기도 하고 상황이 급조되기도 하고
시간과 역사가 비밀리에 회동하는 거지
진화하는 역사의 변종들
처음부터 진실이란 없어, 강요당했을 뿐
뿌리내리는 소리, 흙 마르는 소리, 촛농 흐르는 소리
처마 밑 낙수 스미는 소리, 꽃잎 터는 소리
손짓 발짓 몸짓, 등 굽는 소리, 참담한 심정의 소리
들을 수 없는 소리는 얼마든지 있어
양털같이 많은 소리에 일일이 귀 기울이지 마
구름 같은 시간이 운명처럼 닳는 소리
귀 기울이지 마
쉿, 고요를 깨지 마

남평역에서

구름을 낚다 보면
낚이는 하늘
눈물을 낚다 보면
낚이는 슬픔

사랑을 드리우면
사랑이
미움을 드리우면
미움이

그러나
때론 사랑이 원망처럼 낚이고
미움이 그리움처럼 낚이는 건
시행착오다

온 우주에 풀어놓은
아름다운 인연들이
아름다운 철길로 돌아와
서로 문안할 날에
서로 얽히지 않은 것에
위안 삼다니

삶이란

서로 들켜선 안 될
비밀한 찌처럼
은밀한 경계가 있나 보다

오후의 소제

흙 속의
돌 속의
물속의 물을 길어

닳고
해진
오후의 햇살을 빨아

좁고
긴
응달의 복도를 닦습니다

원두막의 오수(午睡)

짙은 녹음 고요하고
마치 어떤 암시처럼
예기치 않은 일이 벌어질 것 같은
깔끔한 한낮의 설정
아무 선택도 할 수 없다

느릿한 묘사와 섬세한 흐름
태초에 땅은 비가 내리지 않았고
땅을 갈 사람도 없었다
수증기처럼 일어나 온 들판을 적시는
소리 없는 우주를 바라볼 뿐

잠을 깨자 시냇물처럼 깨어
하늘을 향해 구름을 향해
맑은 물소리로 우렛소리로
방언으로 큰 기지개로
여름보다 더 깊은 고백을 하자
내가 여름을 이겼노라 매미여

사건과 암시 사이
정지됨 없는 꿈의 극적인 반전들
폭풍 번개충돌 소용돌이 바람소리
점점 위협적으로 다그치는

첼로 더블베이스 죽음의 연주
팀파니 플롯 같은 징조의 연주

대항할 수 없는 꿈
포기하고 납작 엎드리자
송골송골 깨어나는 나의 꿈이여
큰 신록 위로 걸린 한여름의 무지개
여름은 뒤에 올 계절을 위해
즐거운 잔치준비로 한창이다

휴식

지금은 쉴 때입니다
속도를 늦추어야겠습니다
굳은 표정 과장된 표현과 대립들
원본을 복사기로 찍어 내듯
흩어진 흔적들을 모두 지워야겠습니다

콘크리트 골목길을 헤매다
여기저기 멍이 들고 알이 배겨
온몸이 돌덩이가 되어 억울한 당신
더 이상 전염은 곤란합니다

배고프다면 편의점 위치만
함께 일하자면 생각의 렌즈로 분석만
당신께 필요한 것은 오직 휴식뿐

엿새간의 불볕을 떠나보내고
한 점씩 몰려드는 구름천막 밑으로 돌아가
직접 지은 쌀밥을 팔팔 끓인 된장국에 말아
줄기줄기 매운맛이 배인 돌산 갓김치를 올려
맛있는 행복이 흠씬 배어나도록 드실 때입니다

다른 날이 오면
빈 배로 돌아오는 바다로 나아가

물 깊은 곳 많은 물소리를 들으세요
해거름이 깔릴 즈음 한적한 그늘 아래 등(燈)을 밝히고
애틋하고 정겨운 낱말을 한없이 부르고 외우세요

노래하는 시간도 필요할 것 같습니다
이 땅의 노래가 저 산에 메아리쳐 화답할 것입니다
강의 물빛이 바다에 일렁이면 무지개가 떠오를 것입니다
지금은 그렇게 다른 밤이 오기 전
잊혔던 빛을 밝혀 하늘에 수없이 띄워 보낼 때입니다

복(伏)에 대한 소고

엎드리자
바짝 엎드려 목젖을 타고 흐르는
수액 같은 땀방울을 시름시름 앓는 저 야윈
논배미 속 벼들의 입술을 적셔 주자

夏至 지난 후로도 세 번의 고초가 더 있다
오늘은 차라리 시원하게 웃으며
정월대보름에 내 더위를 사 준 녀석들을 위해
설원에 얼어붙은 인동(忍冬)이 되자

머지않아 몇 번의 곡절이 더 있으리라
이삭이 패기까지 벼 자라는 소리에
동네 개들이 덩달아 짖을 때까지
눈물도 가난도 이 끓는 절망도 한 마디씩
목으로 허리로 다리로 꺾고 더 굵어지자

사내들아
그날을 위해 오늘만은 먼지처럼 툴툴 일어나
녹음 짙은 강가로 나아가 살 오른 중닭을 잡고
천렵을 하며 강물처럼 점점 넓어지자
하늘 아래 차돌처럼 강물처럼
바짝 엎드려 더 단단해지자

씨름판

씨름판으로 나오라
단판 승부하자
독도 따로 대마도 따로 말고
네 목숨 내 목숨 걸고
한 판 죽기로 결판내자
남근 자랑이냐
좋다, 훈도시 차림으로 와라
개 끝발 같은 게다짝도 받아 주마
가미가제 특공대를 부르라
네 불알초상을 걸고
자살비행을 만방에 고해 주마
간신들의 목을 따리라
내 놓아라 자라목을 감추지 말고
물어뜯긴 성민의 통곡을 들어라
구우리라, 삶으리라, 태우리라
다시 훔치지 못하도록
독초들아 나오라 흔적조차 없애리라
훈도시처럼 벌거벗은 너희 섬들을
들어 메치기로 바다에 던져 버리리라
바다를 채우면 섬이 부표처럼 떠올라
소원대로 섬이 육지가 되리라
이를 본 다른 민족들이
영원히 수치를 씻어 내기 위해

네놈들의 만행을 걸고
정정당당한 승부를 걸리라
올림픽 정식종목이 되리라
얼마나 영광이냐, 자랑이냐
남의 것으로 영광되고 자랑 삼는
민족성아!
나오라 사생결단하자!

물둠벙

나는 땅에 팬 작은 구멍에
질컥대는 물둠벙, 저수지가 아니다
나는 둠벙에 만족할 뿐
보일만한 외형이 없다
힘이 있다지만
헛된 말이다
내 몸 하나 감당할 수 없는
혹독한 징벌을 누가 대신하랴

저 도시 아스팔트 하수구처럼
웬만한 폭우도 끄떡없이 한 번에
몰아내는 엄청난 排水의 힘은커녕
초목과 곡식과 하물며 지렁이조차
때맞춘 단비라지만
그 많은 물을 누가 감당하랴

땅에 팬 작은 구멍에 물이 들고
구멍을 헤집고 물이 많아지면
웅덩이가 되고, 초막 샘이 되어
올챙이처럼 꾸물꾸물 흐르지만
누가 내 둠벙을 저 넓은 강
망망대해로 풀어줄까

나는 땅에 팬 무지렁이 물둠벙
영원히 살지도 죽지도 못하는 생지옥이다
호수가 되고 바다가 된다는 어리석음
그런 외형적 믿음을 버린 지 오래다
그저 내 안에 담을 수 있는 것들을 품었다가
범람하는 날, 자잘한 것들이 살아서
자유로울 수 있도록 풀어 줄 뿐

가을초상

가을 山

산아, 네 그늘을 내놓아라
굽이굽이 기슭을 돌아갈 때
시름 깊은 그늘에
푸른 잔디를 풀어 놓아라

무욕에 머물다
산마루 수북이 은행잎이 달처럼 오르면
소슬 길 내어
천지를 노랗게 물들여 가라

여름내 염전에 갇혀
하얗게 정제된 노인들이
초로의 단풍이 되어 허리춤에 있을 때
마지막 정염으로 물들여 가라

연두 그늘 아래
노랑 그늘 아래
빨강 그늘 아래
잔디처럼 은행처럼 단풍처럼
묻힐 나의 山아

草亭

햇살 부시도록 내리고
호박나비 그윽이 날아와

산들바람 곁
草亭 마루 살포시 앉다

가만 보니
구름 같기도 하고
自然 같기도 한데
참 사람을 많이 닮았다

홍가시나무에 단풍 들고
연분홍 노을이 더 깊어지면
그 사람이 꼭 올 것만 같다

단풍(1)

단풍나무 숲에는 단풍 노을이 진다
노란 은행잎들이 곰삭아
노오란 흙냄새로 솔솔 진다

단풍나무 숲에는 잉카 여인들이 산다
긴 머리 땋은 붉은 정열의 마지막 감성들이
황금빛 제국의 태양 아래 도열해 있다

단풍나무 숲에는 오랜 버섯이 핀다
깊이 묻었던 보송한 詩想들이
습관의 덮개를 벗고 흰 눈을 뜨고 있다

단풍(2)

심연의 하늘
꽃구름 가득하다

황금가지
선홍꽃잎
연두풀빛

가을이 오려나
노을 녘 들불처럼 번지는
천지를 물들이는 소리

애인아, 입술 마르고
네 香氣 아직 황홀한데
가슴에 비친 눈물이 눈부시다

귀울음 탓일까
色들이 그늘아래
여기저기 설워하는 소리
낙엽 밟는 소리

단풍(3)

맛이 보이나 보다
설경설경 썰어 놓은 오이에
곁들인 양파
야멸친 청량고추 밑으로
다소곳 속내를 감춘 쑥갓까지
눈에 보이는 것은
듬성듬성 뿌린
고춧가루뿐인데
비밀한 씨 간장 탓인지
아, 나는 이 가을
절정에 올라 있다

단풍(4)

임이여, 지난봄 당신이 주신
이별 씨를 호숫가에 뿌렸더니

심중에 눈물로 짓물렀다
무서리 지는 날

호수 가득 연분홍
눈물 꽃이 펑펑 피었습니다

단풍(5)

순한
알몸 하나
밑그림 하나
한 필 한 먹
한 폭 한 풍경

욕심 없이 살다
때가 되면
빚진 자처럼
돌려주라고

붉은 노을 속
네 개 그리움의 못을
뽑습니다

원룸 스케치

볕 한 줌 작은 창에 내리면
벼루에 잘 갈린 그리움들이
큰 붓질에 살아나
한 房 가득 한지처럼 잘 번집니다

이글이글 삶들이
댓잎처럼 펼쳐지길
쪽잠 든 날
달빛에 깨어
붓질하던 房

돌아보면
떠난 길만큼 외로워
둥지 잃은 새처럼 서둘러
날개 치던 房

맥없이 무너져
폭발하듯 무저항의 먹물을
거침없이 쏟아붓는 노년의 房

아내, 우리 집사람

아내는 집입니다, 쉼터입니다, 보물입니다

아내는 가정을 펴서 살림하는 집입니다
우리는 아내의 살림들입니다
아내는 우리를 잘 살림합니다
보물단지 같이 아껴 줍니다

돈 벌어 아내 주고 싶습니다
쥐꼬리 같지만 정직하게 벌어 주고 싶습니다
아내 아니면 빈털터리입니다
그래서 집사람이라 부릅니다

외출에서 돌아오면 아내부터 찾습니다
"네 엄마 어디 있니?"
아내가 없으면 불안합니다
아내가 돌아오고 난 후에야
먹고, 놀고, 잠이 듭니다

아내와 제주도 여행을 갔습니다
집 생각이 나질 않습니다
가자고 보채는 아내를 보니
사랑하는 집이 내 품에 있었습니다

아내는 나의 맞춤입니다
교만한 머리뼈가 아닙니다
게으른 다리뼈는 더욱 아닙니다
온전히 나를 지키는 갈비뼈입니다
그런 아내를 잃는 것은
내가 죽는 것입니다

아름다운 날

아름다운 날
기죽지 마라
이별 따위 풀 죽지 마라
사랑 이별 다 사람 일
마음이 설계하고
육신이 훔쳐 낸 일
운명 탓하지 마라
운명처럼 왔다
후회 없이 다 털린
도적 같은 날

아름다운 날
사랑도 당신 것
이별도 당신 것
사랑 이별 다 양면의 일
당당히 맞서라
어차피 할 일이라면
오늘이 이별할 때
내일은 사랑할 때

아름다운 날
삶은 정함이 없다
마음껏 사랑하고

이별도 하라
오늘 그 이별로
내일 더 사랑하라
더 아름다운 이별을 위해

날이 갈수록

일몰 후 모든 일상을
잉크빛 납덩이도장으로 단호히
결재 받은 저녁

침몰에 익숙해진 터라
밤바다 위
송홧가루 같은
당신만 황홀히 쌓아갑니다

활 탄 같은 날
불타는 로테의 밤

빚진 자의 지혜

가진 것 없어
안절부절 마세요
날 외면하지 않은 일
당신 전부를 준 일입니다
몇 푼 값이 아닙니다
일생 치른 만남
당신이 보고 있어
한눈팔 수 없었습니다

얼마나 유의미한지
갚을 힘없는 내게
빚을 준 당신은
날마다 날 기다렸습니다
손길 닿지 않는 곳
눈길 띄지 않는 곳
딴청 부릴 수 없는
길마다 외길이었으며
일마다 당신이었습니다

빚 준 당신
끝 날이 걱정입니다
유일무이한 당신
얼마나 갚을지

언제 어떻게 갚을지
어림할 수 없으니
당신 속에 있던 날만큼
내 안에 영원히 두렵니다
공정히 셈하시는
당신이여

환승

숲속에서 논리와 인식을 빼고
놀다 보면 원시림이 된다
원시인이 된다

숲이 보는 숲속에서
구름을 타고, 돌도끼를 휘두르고
타잔처럼 소리치다 보면

문명으로 귀소하기란
참, 허탈한 일
숲을 벗지 못한 채 차에 올라
그제야 줄기를 풀어낸다

차창 밖 8차선을 따라
숲은 이미 원시로 돌아갔고
달과 별이 따라와
송전탑 위 나란히 앉아
식별할 수 없는 시간을 나누는데

어디에서 왔을까
어디로 돌아갈까
길 잃은 질서의 폐광 속
지나온 길에 흘렸는지

샅샅이 훑어보았지만
다 어디로 갔는지

훗날, 기억하고
돌아와 줄지
환승을 기다리고 있다

치매병동

病이 깊어질수록
빈 짐을 풀어
다시 괴나리봇짐을 꾸립니다

겹겹이 뚫린 흙벽 사이
비바람 쳐
사나워진 이빨

목줄을 끊고
거죽이라도
하늘하늘 풀려났으면

떠나지 못할 걸 압니다
시간이 이미 찼으므로
미련은 불쌍한 病

글썽글썽 빗물이 새고
마땅히 돌아갈 곳 없어
우산을 폈다 다시 접습니다

오한

사랑보다 더 사랑하는
너와 이별이라니
더 특별한지
무례하게 성급히 손을 빼다니

황사 탓인지
종일 걷히지 않고
실루엣처럼 번진 밤

메울 길이 없습니다
참을 수 없습니다

수없이 도려내지만
쇳물처럼 끓는
회한의 눈물들

늦은 가을, 그 수상함

열 내리지 않아
낙엽이 지기 전
마지막 고백을 위해
낮은 하늘의
창을 활짝 열어 둡니다

새털처럼 가벼운 날
새들은 돌아오지 않고
겨울이 오기 전
신령한 예감 대신
연한 그리움들이 풀려
가지 끝
잎 새에 달렸습니다

빛을 향하여

빛 중에 빛을 불러
생기와 숨결을 입혔습니다
소년소녀에게 첫사랑을 주어
순결과 정조로 삼았습니다
빛을 둘러 영원하라 했습니다
주님!

첫사랑의 마음
첫사랑의 순정
어디 있느냐
벗었느냐
미움을 맹폭하기 전
분노를 피 흘려 벗게 하소서

마음을 다시 입혀
첫사랑의 화평을 결실하도록
산지에서 쫓지 마소서
빛을 거두지 마소서
주여!

석양(1)

나팔꽃들이 피었느냐
천 길 하늘 속 돌덩이 달들아

바다로 간 아이들은 잘 훈련된 병사들처럼
재앙이 지나기 전
낮고 넓게 밧줄 걸었다가
물참마다 온 바다를 끌어내는데

달의 인력이냐
완충 물결이냐
내진 설계냐
전혀 흔들림 없다

노을 속 파르르
촛농 흐르고
발밑 그리움들이 요동치는데

석양(2)

파산은 강력한 힘이 있다
다시는 몰락해선 안 될
삶의 혁명을 위해
판결한 순간
후회 없이 떠나야 하는

강력한 복종의 힘
신성한 겸손의 힘
거룩한 부활의 힘

오늘도 어제만큼 파산한다
내일은 더할지 모른다

철새

젖은 한지 소리
마른 바람이 흉볼까
창을 모두 닫아 줍니다
하늘이 훔쳐봅니다

어김없이 또 겨울이 왔습니다
이름 모를 새들이
한가득 눈물을 물어와
하얗게 서리꽃이 피었습니다

당신의 밤은

당신의 밤은
새벽까지
파도친
나의 죽음입니다

밤이여
장미여
내 가시넝쿨이여
십자가여
굿바이!

老시인의 미련

아메리카노 카푸치노 에스프레소 중
하나를 골라
향긋한 열정을 마신다

릴케 에이츠 디킨스 중
한 좌석을 골라
가을 기억터널 속을 나선다

초콜릿 비스킷 캔디
골무락 골무락 입안에서
詩 될 만한 것들을 그리움처럼 오물거린다

가을은

쏜살같이 날아든 시간이 아니에요
그리움에 지친 기다림이에요
남은 그리움이 쓸리지 않으려
애달피 파고든 계절이에요
숨 막힐 듯
붉어진 나의 계절이에요

조우遭遇

잊지 마라, 볕 좋은 날
도란도란 귀담을 만한 이야기
채 한 평 남짓 낡은 서궤

서로 잘 덖어
안온한 잔불에 茶를 다려
찬찬히 나누자, 촌스러운 향기로
해질녘이 경건하구나

구름 밖
겹겹이 둘러싼
가파른 시간들
그리운 얼굴들
이별의 얼굴들
오랜 애증들

그늘진 인공의 蓮池 속
세월의 고리에서 풀려나와
자유로이 유영하는
로망의 꽃들아

잔잔하자
지혜롭게 늘 평안하자

잊힌 이의 오랜 기억을
평평하게 하자

이별

오, 하늘아
오, 바다야
날 어떻게 하리

오, 기쁨아
오, 슬픔아
날 어떻게 하리

오, 사랑아
오, 이별아
날 어떻게 하리

깨끗한 날

몇 달째
사람이나 TV나
밤낮
시끌시끌했다

누구누구 누가
고놈에 고놈이라느니
또 누구 누가
그놈에 그녀라느니
듣기 싫은
무성한 말들
꼬리를 무는 말 말

국밥집도
마트도
주정과 욕설들로
벅적댔다

모처럼 깨끗한 날
선거 끝난 날
세상의 온 벽을 비워 둔 채
사람이 누군지
드론을 띄우시다

잊히려 하는 것들의 기다림

천지가 붉은 소리로 맹렬히 타다
산이고 강이고 집이고 담벼락이고
보이는 대로 몰아 불 싸지르더니
지붕과 골목을 다 태우고 강물로 숨다

타다 남은 하늘귀퉁이
잿더미 속 불씨가 남았는지
달빛 모락모락 피어오르면
일상의 친한 그림자들이 저벅저벅 돌아와
잘 익은 것들을 먹고
마지막 아궁이를 지핀다
딱딱한 뼈 부드러운 살을 편 채
막 익은 구들에 눕는다

환청, 세밀히 재생되는 소리들
환각에 빠진 익숙한 것들
꿈이라면 더 이상 묻지 않겠다
듣지 않아도 본 것처럼 다 알겠다
첫사랑의 기억 선명한 기다림처럼
잊힐 수 없는 것들은 다 아름답다
잊히려 하는 것들의 기다림은
모두 아름답다

노란 기다림

일상조차 삼켜 버린 내 안의 바다는
날마다 하늘을 향해 주정을 부리다가
만취한 채 비틀비틀 노을 속으로 사라졌다
새벽녘 황폐해진 밀물로
너덜너덜 돌아와 쓰러진다

벌건 대낮부터 마신 술이
밤새 얼마나 모래톱을 긁어 팠던지
파도가 너울댈 때마다 꾸역꾸역 모래알을 토하고
슬픔마저 등진 정오가 되어서야
허기진 물결을 움키고 하얗게 돌아눕는다

어디로 갔는지
냄비 속 햇살처럼 끓고 있는 미역냄새에
허기진 생각뿐
슬픔은 이미 신기루처럼 사라지고
어느새 돌아온 바다는
미끈한 은갈치 한 도막을 담아 床을 내어 준다

슬픈 것인지, 초연한 것인지
참는 것인지, 침묵인지
종일 슬퍼할 수도 분낼 수도 없어
침묵을 가장한 채

달빛 노오란 그림자가 되어
참을 수 없이 슬퍼하다 배고파한다

첫사랑

차돌 밭 위 세차게 빗발치는 날
장대비에 움푹 팬
텃밭 물웅덩이를 헐어
연못을 지어야겠다는
돌멩이들의 상상

천둥 그치고
낯 뜨거운 날
텃밭의 고요
홀딱 벗은 망상의 뻔뻔함이란

우연이든 편견이든
무념무상의 텃밭일 뿐
날 것들의 화려함은 여전한데
한낮의 달콤한 꿈이었는지

돌멩이들을 들추어 보니
곰실곰실 눈 뜨는
텃밭의 자잘한 것들이
첫 남자 첫 여자인 양
포슬포슬 설익은
첫사랑 같다

낙엽은 비처럼

낙엽 지는 날
마음을 비웠습니다
창을 닫았습니다

빗속에선
울 수가 없습니다
울어 줄 낙엽이 남지 않았습니다

빗속

낙엽 지는 날엔

낙엽 지다

사는 동안 주어진
운명대로 길들여 살 뿐
잎이 나고 지고
사용자만 알 뿐
굳이 알 필요가 없었습니다
그저 헤아릴 뿐
세션은 이미 진행 중이었습니다

누군가 命을 거두면
모든 작업이 일시에 종료되고
生은 삭제될 것입니다

특별히 기록하지 않아도
낙엽들이 쓸쓸히 돌아가면
생은 많은 장면들에서 풀려나

수정하지 않은
기억들을 저장하겠죠
폐기하지 않은 은밀한
고백들을 복제하겠죠
낙엽이 지고 나면

폭우

헤매던 길
꿈꾸듯 뒤척이던 자리
간혹 눈 부비여 그리워하고

고갯마루
흑백의 무심한 먹장구름 풀리고
능선을 투과한 빗줄기들이

벼랑 끝
필사적으로 퍼붓는
슬픔의 진원지에 서면

눈 떠 질끈 바라보라

지금 떠나고자 하는 사람들은
폭우 속에 서 있다
바다로 향한 채
하늘로 향한 채

새

낮은 가지를 떠나라
척박한 땅을 버리고
우주에 떠 있는 고독한
섬을 향해
하늘을 향해

지구 저편
밤새 재재거리던
달빛 하나를 바람처럼 붙잡고
풀잎처럼 가볍게
마음보다 더 고요히 날아가
천년을 살라
나의 耳鳴의 새야!

척박한 날의 전설

마음을 비우려
그리움을 비우려
더 많은 가슴에 날아가

솜털보다 가벼이
서둘지 않고 더 섬세하게
척박한 땅의 눈물을 보리라

절망한 어깨가 낮아지고
참담했던 귀가 닫히면
녹슨 기억들이 지워지겠지

이별 소식을 듣지 않겠다
길들여지지 않겠다
더 정결한 믿음으로

바람보다 더 낮아지고
더 혹독해져서
순백의 雪花로 다시 피기까지

설명하지 않아도
더 깊고 아득해지는
향기로운 전설이 되겠다

김장歌

여자야 서두르자
단풍 지기 전
배추가 가장 성성할 때
정갈히 김장하자

식구를 먹이는 일
겨울 긴 밤 오랜만에
화목을 넣어 맛깔나게 무치자

부지깽이도 거드는 날
아껴둔 품앗이 맘껏 불러
다듬고 행구고 썰고 무치면
어미에게 물려받은 비법을
엄선하여 수육에 담아 보자

한 몸 같은 여자야
한결같은 김치 맛을
아낌없이 주고받자
가치와 방식 따지지 말고
다정한 흥분으로
서로 들락거리자

사시사철 채소가 암만 풍성해도

제철 배추만 할까 제 땅만 할까

당신만 할까

억새편지

지독한 역마살인 듯
무관심한 척 무심히 돌아보면
바람난 시선 속

때론 길들지 않은 삶이 그립다
척박한 땅에서 하늘 향해
무심히 퍼 올린
바람 같은 실연들

상처받지 않으려
역광의 투명한 그리움을 풀어
야생의 편지를 쓴다

늙은 지혜자의
바람 같은 필체로
들판 가득 하얗게 풀어놓은 억새편지들

가을 사진

가을 속 가을을 그리면
늘 상상이 곱게 물들고
가을 밖 가을을 그리면
낡은 사진 속 웃고 있다

누가 가을에 있는지
어디 숨었는지 가을은
늘 날 떠나려 하고
늦가을처럼 나는 야윈다

가을 속 서성거리는 나를
가을 밖에서 보니 참 우습다
가을 여행 채비에 부산한
사람들, 참 부럽다

가을 이별

떠나려면 가을을 주워 오면 안 됩니다
낙엽이 기억 속 바스락대지 않도록
붙잡을수록 짙어지는 단풍의 집착
가을을 지날 땐 냉정해야 합니다

포기해야 합니다
가을밖에 포기할 게 없습니다
사랑은 깊어지는 그리움의 약성
배반의 등을 돌리고 쉬 이별해야 합니다

솔바람 한 줄 남겨 두지 마세요
단어 하나 탄성 하나 의미 주지 마세요
色들이 바람에 잘 마르도록
모두 비워져 성숙해지도록

모과 같은 詩

꽃은 장미를 닮고
열매는 참외를 닮았다는
가을 햇살에 주렁주렁 달린 木瓜
보기에도 노랗게 잘 익었을 성싶어
한 알 취해 보면
울퉁불퉁 이리도 못생겼는지
향기만은 그럴듯하여
한 입 뚝 베어 물면
아 시큼 떫기가 땡감 저리 가라다

과일 망신 모과라더니
버려두고 돌아온 밤
달 익는 향기인지
가을이 벤 맛인지
입안에 침이 돈다
이 무슨 조화인지
은근히 분 바르고
밤새 유혹하시는 나의 나여

달고 예쁜 것들에 취했느냐
떫은맛은 버릴 게 아니라
입안에서 터지는 인내라며
향기로 먹고 마음 닮기를

밤새 겸손하신 나의 나여

버리지 못할 날들을 뒤져
각진 미움도 싸고
둥근 그리움도 잘 싸서
향기로운 마음만 전하게 하소서

가을 시선

시선, 눈이 가는 방향
눈길, 눈을 따라간 첫 마음
눈이 가는 길을
일생 따라왔다

그렇게 떠돌다
오롯이 단풍길에 서면
풋사랑 별리길도 보이고
눈물길도 보이고

길 다 간 후
그 눈빛 그대로
원망처럼 남아
후회의 낯빛이 점점 가렵다

꽃무릇

그리움의 끝물로 지지 않고
이별의 그림자로도 지지 않고
처음 본 모습 그대로
와 준다면

모자람도 넘침도 없는
뒷모습
처음 온 길 그대로
향기로이 떠날 수 있다면

휠 것 같은 정일까
떠나지도 머물지도 않고
처음 온 길 그대로
밀리는 붉은 이별 길

가을 소네트

봄이 되자 소녀는 꽃봉오리 앞섶을 풀었다
여름날 소녀는 목숨 같은 사내를 따라 나섰다
봄여름가을겨울, 머물러 줄 것 같았지만
애쓸수록 실망의 덫은 점점 무표정해지고
사랑과 이별은 한 몸처럼 등졌다
노을이 된 소녀는 바다가 훤히 비치는 가을에 앉아
어디로 갔을까? 그토록 파도처럼 무모했던 사내
빈털터리 초짜도박꾼을 위해 부표처럼 떠 있는지
또 그리워하는지

사랑이 무어냐

사랑이 무어냐 물으시면
눈물의 씨앗입니다
버릴 수도
붙잡을 수도 없는

느닷없지 않습니다
느닷없지 않은 이별도 미움도 사랑 같아
한 몸은 한마음을 버리지 못합니다
운명입니다

더 아름다운 게 없습니다
더 향기로운 게 없습니다
누군가 고발해 주면 좋겠습니다
누군가 심판해 주면 좋겠습니다

사랑이 무어냐 물으시면
이 가을처럼
겸손하면 온순하면
단순하면 참 좋겠습니다

코스모스

밤새 비 내리고
길마다 흠씬 적신
별빛 묻은 宇宙의 꿈들
무게를 못 이겨
온 땅에 풀렸다

그 많던 별들이 빗줄기에
그 많은 꿈들을 흘려보냈는지
온 세상이 하늘로 그윽하다

色色의 풀씨들 우산을 펴고
송이송이 내리는 꿈
오래 비워 둔 盆엔
무엇이 심겼을까

길마다 핀
질서의 꽃, 자아의 꽃
하늘하늘 바람에 나부끼며
누리를 덮은 사람의 꿈들

꿈에서 깨어
코스모스 길을 간다
온순한 새벽
겸손히 새벽꽃길을 간다

반딧불이 추억

어둠이 깔리고 포성이 멎었다
여기저기 그을린 탄흔
화약 냄새가 진동하고
밤이 저리다
부산함이 뜸한 걸 보면
나는 지상군 최대공룡 탱크 위에 앉았다
상상 못할 일이다
식지 않은 포신
시냇물 소리에 땀을 닦고 있다

어디서 왔니? 정체가 뭐야? 발광기 달린 거지?
온 여름밤을 반짝반짝 정찰하네?
반딧불이야
저 밑 시내물가에 올망졸망 살고 있어
이 산은 깊고 신비해 길 잃은 사람들이 많아
그래서 빛을 달고 날아다니는 거야

길잡이니? 바다에 뜬 등대처럼
반딧불이야
빛을 잃지 않게
어둠 속에 풀어놓은 작은 광명체
어둠과 절망에 관심 많은 '희망 멘토'쯤
어둠속에 살며 어둠에 갇힌 영혼을

어둠 밖으로 풀어 주지
희망 바이러스란 말이야?
행복 바이러스이기도 해

너는 어둠도 지키고 밝음도 지키니?
어둠이 좋은 거니 낮이 좋은 거니?
둘 다 좋아, 너희 같은 흑백논리가 아니야
세상이 다 그렇잖아
낮엔 빛이 이기고, 밤엔 어둠이 정복하고
누가 이기니? 누군가 이겨야 하는데, 승리자가 없네
바보야, 전범자는 항상 뒤에 있는 거야, 정치가 그렇잖아
국민은 피 흘려 싸우고, 정치는 술수로 타협하고
슬프지만 이것이 사는 현실이야
정치를 끌어내면 돼, 전쟁근원을 발본 삭제해 버려
우리가 무슨 힘으로? 우리 같은 사람이 무슨 힘으로
서로 도우면 되잖아, 서로 멘토가 되면 돼
홀로 있지 말고 공동체로 돌아와
펭귄처럼 감싸고 빙빙 돌며 서로 지켜 주면 돼
추위도 지키고, 생명도 지키고
상상해봐 온 땅을 덮은 멘토의 물결
삶은 사랑이야, 운명 같은 사랑이야
사랑하지 않는 건 배신이야

어둠만, 밝음만 편 가르지 마
욕심이야 목적이 향하면 탐욕이야
척박한 어둠 속에서도 괄시받아선 안 될
살아 있는 절대 권리!
예수께서 이를 위해 오셨어

스스로 빛을 만드는 선민사상
국민을 앞세운 정치야욕
평화를 앞세운 전쟁 도발 따위
빛으로 감시하면 돼
화해의 불씨를 살리고 절망을 몰아내면 돼

하늘이 내게 준 유일한 반딧불이의 빛
어둠 속 빛을 지키고, 어둠 속 밤도 지키는 거야
낮과 밤이 공존하도록 사람과 사회가 공존하도록
사랑과 평화가 공존하도록 발광하는 거란다

사는 목적이 뭐니? 매일 네 진면목을 보니?
너를 밝히지 않으면 네 안에 어둠이 가득 차
해가 있을 때 지혜의 빛을 채워
눈이 부실 때 사랑의 빛을 채워
너는 빛이니까, 너는 빛으로 살아야 해
비추는 일에 생명을 걸어 봐

빛으로 사는 일 온전히 태우는 일
너를 살리신 그분처럼, 네게 빛을 이식해
빛으로 다시 살게 하신 그분처럼
완전한 빛으로 연소되길 바랄게
매일 밤 등경 위에 둔 등불처럼
환히 웃는 너를 볼게

안녕, 내 빛아!

菊花唯心

그윽한 날
층층이 피운
구름 같은 날

지극한 마음으로
한 결 두 겹
새도록
당신을 향해
하얗게 그리움을 놓습니다

가을, 그 화려한 外道

가을은 外道의 계절. 천지에 단풍이 들면 붉고 노란 채
색의 女人들은 자기만의 훼르몬 향수를 뿌리고 온갖
오명을 감수하고라도 가을을 날고 싶다. 초록에 숨겨
둔 감빛 날개옷을 갈아입고, 속살 가슬가슬한 양떼를
따라 쾌감 좋은 질감으로 날아오르고 싶다

여름 외길을 박찬다. 단숨에. 절벽을 향해. 혼신의 질
주. 절정의 멈춤. 질주한 거리만큼 단번에 속도를 버려
야 한다. 내면의 발목이 터질 만큼 이탈해야 한다. 멈
춤의 찰나 절정의 가을탄성. 온 숲이 들썩들썩 노을처
럼 깊어진 날. 세월의 理致를 다 살고 난 상실과 변형
의 역설적 낙엽들이 더 농후해졌다

환희의 노래

고통을 견딘 눈 가난을 감춘 눈
행복 꿈꾸던 눈 용감한 용사의 눈
뜨거운 아내의 눈 순전한 아이들의 눈망울
화평을 소망한 오랜 연단의 이름입니다

아름다운 사람의 이름, 부끄럼 없이
다시 돌아가야 할 거룩한 이름
내 뜻 내 결심 내 삶의 아름다운 이름입니다

신비한 우리들의 결합, 성스러운 날
억만의 소원이 함께 깃들여야 할
한 소망 한 갈래 우리들의 꿈 이름입니다

화평한 얼굴
진실한 님 따뜻한 애인 같은
그리움이 펄펄 살아 있는
내내 참았던 이름입니다
지축을 흔들고 돌아가야 할
이름입니다

착한 사람 미운 사람
죽음조차 빼앗아 갈 수 없는
아름다운 이름

이목구비를 서로 부비고
환희에 떨며 찬양해야 할
어여쁜 이름입니다
하나님의 이름입니다

환풍기

육신이 솔솔 빠져나간 자리
슬픔이 돌아와 내려앉은 자리
물기 마른 이른 겨울 터
타다 남은 별빛을
내내 보았습니다
바람 터로 솟는 돌풍이
내게 돌아오기를
내내 바랐습니다

석별

연인에겐 이별의 길이 있다
만남이 있으면 이별도 당연하지만
간직한 소소한 연정 탓인지
정 깊은 길엔 애틋한 조바심이 있다

하늘정원 옥상카페를 지나
빈 골목길을 돌아 나오면
새벽이 되어서야 훈기를 털고
시간 밖 전설로 돌려보낼 수 있다

아카시아 향기 넓게 퍼지고
예배당 종탑 끝에 노을이 지면
하얀 구절초를 건네고
빈티지풍의 작별을 말하는 사랑아

연인의 이별엔 흔적의 色이 있다
골고루 갖춘 기억과 추억의 색깔들
침전과 퇴적이 주름처럼 겹쳐
길마다 벽마다 망각이 쉽지 않다

빈들의 저녁

빈들 낮은 그늘
지치고 병든 초원
삼삼오오 짝을 이뤄
사방으로 둘러앉았고
아이들의 풀기 없는 반죽뿐
가진 것 없는 빈손들

빈 사람들
빈들 가득 부스러기 바람
부끄러운 휘파람소리
바람 속 사막처럼 울고
마른 초목에 굽는
비쩍 마른 절망들

쓸쓸한 저녁
텅 빈 바다 같은 들녘
우리들의 작별을 위해
지금 줄 수 있는 건
이것밖에 없지만
면할 수만 있다면 좋으련만
빈들 가득한 미소들
빈 하늘 까만 미소들

감빛 소리

어린 여자야
네 꿈을 꾸어라
새벽 별 빛날 때
숨결 같은
네 음을 들어라

막 불씨 오른
자작나무더미 속
타닥타닥 피는
바싹 마른
네 천연의 노래여

네가 부르는 소리
깊고 넓은
너의 감빛 소리를 듣겠다
물들이는 소리를 듣겠다

벽안의 기도(1)

밤새 창살에 널어놓은
수건에서 하늘냄새가 납니다
숲 가득 풀어놓은 억새들이
낱낱이 품부비어 눈 뜬 새벽

푸른 이슬로
말갛게 머리를 감고
청량한 가을바람에
젖은 결을 말립니다

산 날의 저주와
살아갈 날의 유혹을
여기저기 포로처럼 꿇리고
하얗게 뼈를 드러내
죄를 말립니다

담 너머
맑고 밝은 촛불이 켜지고
숨 쉴 때마다 펄럭이는
간절한 예수님!

벽안의 기도(2)

그해 여름은
태풍도
장마도
가끔의 열대야도 있었지만
창속에 박힌 나는
햇빛도
별빛도
푸른 녹즙의 미풍도 느끼지 못한 채
내내
천정 아래 꿇어앉아
절망이 사라질 때까지
온 힘을 다해
가을만 생각했습니다

돌아가는 꿈

미치게 그리워 돌아간 밤
그 하늘 위, 밤을 밝힌 당신 눈빛에
숨을 쉴 수가 없습니다

무서리 짙은 숲길을 환히 밝혀 두고
온 세상을 배회하다 남몰래
돌아오는 나를 눈물로 기다리다가

하늘 담을 허물고
온 강이 넘치도록 뛰어내려 와
더러운 내 발을 거칠게 입 맞추며

그리움에 닳은 차돌 같은 눈빛으로
참을 수 없이 안으시는 당신 때문에
새 숨으로 몰아쉴 수밖에 없었습니다

팽목바다

울 수 없는 눈물자리 팽목
펑펑 치는 바위 같은 팽목바다
하나뿐인 자식을 눈물 없이 보내려
심중의 말을 삼킨
절절이 찢긴 피울음 팽목

차마 삼킬 수 없어
차마 뱉지 못할
혀 같은 이름들
팽목바다는 더 이상
파도처럼 분노하지 않는다
해일처럼 봉기하지 않는다
푸른 바다로만 산다

그 겨울
그 고백

예정

처음부터 예정된 줄 몰랐어

봄부터 시작된
설렘 열정 격렬
빠짐없이 완벽했어
마지막 석별도 완전했지

쉬 겨울이 올 줄
몰랐어

내 큰 소리

내 산을 열어라
내 들을 열어라
내 강을 소리쳐 열어라
미처 덜 녹은 보리밭
대설 지난 산밭을 뒹구는
저 큰 별을 위해
폭풍 치는 날
누이들의 속옷 같은 비닐로 날며
땅의 소리를 모아라
천지를 오가는
내 큰 소리야

내 길을 떠나라
내 골짜기를 남김없이 떠나라
내 숲을 어김없이 떠나
갈등의 골을 메우고
굽은 마음을 펴고
불순의 순종을 달래며
백색의 소리로 노래하라
내 큰 소리야

길 위에서

바람아 널 갖겠다
바람난 너를 갖겠다
폭설 내린 날
벽을 막아서라도
무너질 것 같은
널 갖겠다

망한 삶 대신
눈꽃 핀
들판의 고요를 갖겠다
가는 곳이 어디든
끝이 어디든
겨울로 떠나
겨울로 다시 돌아올
너를 위해

바람 속
폭설에 길을 잃고
눈 속에서
눈이 되어
또 눈을 맞는다

노래가 된 당신

귀에 못이 박히도록
나를 찾던
당신은 쟁쟁한데
평생 말씀이
음성마저 희미해
내 안이 텅 비었습니다

풀잎 같고
아지랑이 같은
어머니의 젖내 나는
아버지의 땀에 적신
기억상실의 말씀을 찾습니다

두려우면 부르던 노래
이 사악한 날에 목 놓아 부르렵니다
늘 그윽이 계시다가
어김없이 힘주어 내 편이 되시는 당신이여

기억합니다
폭풍 치는 밤 핏물 진 기도 대신
굳은 혀에 거부당한 당신을
취한 눈으로 외면당한 당신을
내 이름 대신 매달린 당신의 이름이여

나를 위해 기꺼이 더럽혀진 나의 주님이여

날이 샌 후에야
깨끗해진 이름을 부르시는
당신을 알았습니다
말씀이 된 당신을 보았습니다
영원한 사랑을 받았습니다

당신뿐

바라는 건
당신뿐
이 소망
외면하는지

믿는 건
당신뿐
이 믿음
불신하는지

말씀대로
당신뿐
언약뿐
사랑뿐

차라리 폭설을 기다리며

울고 싶었다 부끄럽지만
목 놓아 울고 싶은 심정에
설움이 훨씬 더 깊어지기를 기다렸다가
한밤중, 하늘이 쩡쩡 울도록 울었다

알고도 울고 모르고도 울고
평생 산만큼 울었지만
죽기 전 혀 콱 깨물고
죽어도 다시 울지 않으려
미리 다 울기로 작정하고 울었다

가난을 참느라 울고
병든 노구를 위로하며 울고
그렇게 눈물 마를 날 없이 흘린
일생이 불쌍하고 억울해서
펑펑 울어 주었다

새도록 후련해질 때까지
슬픈 것들의 목이 쉬도록
검고 흰 절망이 긴 꼬리를 달고
저편 하얗게 무너져 내릴 때까지

옥합

시도 때도 없이
취해있습니다
환각에서 깨지 않게
게으름의 링거를 꽂고
종일 취해 있습니다

깨면 안 됩니다
옥합을 열면 안 됩니다
이별마저 쏟아져 버립니다
그곳엔 마음이 있습니다
수없이 위로하고 다짐하지만
요동치는 마음

사람으로는 안 됩니다
사람으론 사랑이 안 됩니다
도적 같은 이별
이별 후에야 사람이 되고
사랑이 됩니다

내 사랑은
백만 송이 꽃으로 살 수 없는
하늘 밑 한 사람뿐입니다

술 취한 자의 정욕
헛바닥 믿음
더러운 수작에
더 이상
버려둘 수 없는
아름다운 사람

겨울나기

짝짓기 한창인 철부지 왜가리 부부나
네눈박이산누에나방의 가슴팍에나
겨울은 예정대로 날개를 접고 돌아왔다

첫 결빙의 날, 강을 건너지 못하고
비틀비틀 돌아서는 굽 갈라진 고라니들
치열한 먹이다툼에 지친 배곯은 멧돼지들
자연은 겨냥당한 반경만큼 아직 멀고

야생의 실측할 수 없는 산탄 속
숲의 거리를 오가며 아등바등 살다
산 만큼 돌아가야 할 때가 되면
강 하나를 두고 겨울에 몰입할 것과
떠날 것들의 미정으로 분주하다

차고 맑은 날 하얗게 꽃눈이 내리면
물맛이 그리운 열목어들이
넓은 강을 넘실넘실 힘차게 돌아와
폭포를 타고 바위를 타고 바람을 타고
산마다 가지마다 눈꽃이 오르는
그런 날

열목어 알에 눈이 생기고

산마루 숨결이 부드러워지고
칠순 할아버지와 다섯 살배기 손자의
야생 벌통에 야생화 같은 여왕벌이 돌아와
사람 냄새 탄 일벌들이 온 산에 가득하기는
아직 멀다

동백꽃

깊은 겨울날
겨울 가지 하나를 꺾어
빈 화분에 심었더니
먼 소록 바다 쪽
갓 난 새살이 돋고
손톱만 한 꽃망울들이
오히려 문드러짐조차 붉다

바다를 비워
하늘에 둔들
쓸려간 그리움을 찾을까만
이른 새벽
핏물 진 꽃망울에
눈물이 번질 것 같아
빈 가슴을
시인의 발가락에 묻는다

꽃, 별, 바람

면도하는 날은
날선 긴장 속
스킨을 한다
봄이 송송
스민다

게으른 밤
전투적으로 머리를 감고
샴푸를 한다
드라이를 한 후
얼룩진 별 창을 닦는다

폭풍 치고
유성 날면
환복하고
꼭 타이를 맨다
맹렬이 추락한 세월
베어 문 홍시 한 알

마지막 날은
불같은 독주를 꺼내
겨울 묵은 동치미를 먹는다
꽃 별 바람
만취한다

裸木

긴 엄동
눈부신
호산나!

죄들의 결빙
스스로 녹지 못하게
십자가에 볏짚을 두르자

무성한 위선의 저주들
스스로 마르지 못하게
도끼날을 세워 두자

회개여
눈물이여
해방이여
호산나! 호산나!

열풍(코로나19)

꽃필 무렵, 몇 날 수상하더니
열풍불고 위험수위 넘어
꽃들이 누런 쓴맛을 온 땅에 뱉다

사람의 일이었다
욕심과 이기심의 진앙이 뚫리고
최강의 담벼락들이 무참히 무너졌다
상상할 수 없이 부서지고 쓰러지고
아우성치며 뿔뿔이 달아나 숨고
열풍은 끊길 듯 끊어지지 않았다

피할 수 없는 房
소멸되지 않는 내면의 것들
발버둥 친다
꿈밖에 서서 절망하기를 수차례
아직 창밖이 어둡다

더러운 그릇, 깨끗한 물

깊은 샘이 더럽소
얕은 물도 마찬가지
알 수 없지만
폭우도 범람도 아니요
이 엄청난 오염은

오, 주님의 생수여
물은 생명입니다
물은 거룩합니다
땅 끝까지 거침없이 흐르는
더럽혀질 수없는 물은

내 더러움입니다
거짓 허위 탐욕입니다
닦아 주소서
발가벗겨 말끔히 씻겨 주소서
순종을 담아 주소서

나는 더러운 그릇
주는 깨끗한 물
그릇을 깨끗이 씻어
목이 마르지 않게 하소서

당신의 영혼

사랑해야 할 날에
육신의 가시에 찔려
한순간 잃은
당신, 내 영혼입니다

이리 고우니 제발
꽃잎 대신 가시를 주오
적혈의 꽃잎 속
첫사랑의 영혼을 주오

상처를 주오
아픔을 주오
독설 대신
맹독의 가시로
내게 돌려주오

봄볕에
새살 같은 그리움이
천년처럼 멈춘 날
나의 후회
나의 영혼아

정전 중

날이 훤히 비치는 맑은 숲
맹독의 뱀들이 내면의 근육을 풀다
후미진 곳, 오묘한 향기

소름 돋는 각다귀 환청
수리들의 번들거리는 눈알
숲은 된서리를 맞았다

겨울 끝, 변혁의 끝
팔방으로 흩어진 野草들이
재갈을 물고 숨죽여 지키고 있다

명분 없는 겨울 명분 찾는 봄
봄이 오는 사이 숲은 정전 중
가장 순한 날을 골라 잇는 중이다

어둠의 다리

어둠 속 안팎을 구분하기란
쉽지 않은 일
파 보기도 하고
귀를 대 보기도 하고
쿵쿵대기도 하지만
냄새는커녕 달도 토끼도 보이지 않았다
눈치껏 헛것들을 상상할 뿐

막무가내로 덤볐다
주먹을 휘두르고 악쓰고 생떼를 썼다
어둠에 방울을 달자고
비운의 맹수가 된 우리들의 덫
부질없는 핑곗거리

이미 이념이 된 어둠 속에선
깨어 기도할 수 없었다
간절할 뿐 잠이 들었다
때만 가까이 왔다

싸움은커녕 발톱을 털어 버린
어둠 속 무성한 기도의 손들아
증거에 후회의 납덩이를 달아
넘실대는 종교의 강에 던져 버렸다

오래도록 침묵을 부표(浮漂) 삼아
어둠을 오가고 있다

그리운 당신

그리운 당신
눈꽃처럼 쌓여
폭설 같은 그리움이
창백해질 수 있다면

당신의 雪原
북풍 같은 그리움들
잠시라도
황홀히 볼 수 있다면

그리운 당신
대상포진 앓는
고통보다
더 깊을 수만 있다면

향기로운 대화

형제여, 저 얼어붙은 동토의 냉기로 말하지 말자
누가 우리를 분노케 한다 해도
엉겅퀴의 날카로운 독설로 책망하지 말자
누가 우리를 시험해도
겸손의 허리띠를 풀고 논쟁하지 말자
누구라도 찾아온다면 누구라도 좋을 봄날의
풍경 속에 앉아 커피좁처럼 따뜻해지자

두터운 외투를 받아 걸고
선한 얼굴로 싱그럽게 인사하며
진심으로 환영의 악수를 하자
어둠의 비탈길을 아슬아슬 넘은
반가운 형제와 무릎을 맞대고 앉아
생이별의 아픔을 어루만지고
그리움의 무게를 눈물로 비우자
안부를 기뻐하고 아파하기도 하며
마음에 따스한 평화가 스미게 하자
삶의 대화가 커피처럼 향기로이 풀려
고요 속 미소 짓게 하자

재판정

억울한 일을 공평하게 판단하겠다
범죄를 구성했다면 벌로 다스리겠다
악인을 의롭다 변론 마라
의인을 악하다 위증 마라
불순한 뒷거래 부당한 흥정
반드시 그 값을 치르리라
오늘은 신성한 날
모두 기립하여 하늘 아래
진실만을 말할 것을 선서하라
비밀은 없다 천지간에 거룩한 날
남김없이 풀고 공정히 밝혀 보자
정오의 높은 해처럼 고귀한 날
친구여, 품은 칼을 내놓아라
증언이 칼끝처럼 곧고 바르도록
대쪽 같은 너의 말을 경청하마
내가 너를 위험하게 했으니
네 굽은 분노의 칼값을 주겠다
너는 나를 위해
풀무질과 담금질의 용서 값을 치러 다오
혀와 눈 같은 우리
밤새 울던 의심의 경적을 그치고
서로 만든 놀람과 불면을 끊어 내자
의인처럼 대하리라

귀인처럼 맞으리라
나의 친구여

쥐불놀이

귀에 눈 달린 놈, 소리를 추적하는 예리한 눈썰미
듣고 싶은 말만 골라 하는 뱀 같은 놈
귀란 놈을 애완용처럼 달고 사는 놈

일이 생겼어, 놈들이 어떻게 알았는지
구렁이 담 넘듯 숨었는데, 참 넓은 세상에
바로 귀 옆이야, 요 눈! 기막히지?
사실 귀란 놈은 사주받은 놈
몸통은 따로 있어 눈이 아니야

눈처럼 보이지만 틀렸어 눈 달린 놈이 한둘이야
교활한 놈 달달하게 달궈진 몸뚱이 같은 눈
스멀스멀 사소한 것들로 잘 흘리는지
먹음직하다고? 딱 보니 매혹적인걸
누가 마다겠어 권력의 황홀경

불은 불을 먹지 쥐들에 불을 먹여
쥐새끼 같은 놈들 불 달고 날뛰면
귀신처럼 나타나 집어삼킬걸
그렇게 초가산간 쥐불을 얻으면
놈들은 백두대간의 불을 들고
큰 섬 하나를 불사를 거야

죽을힘을 다해 돌고 있는 불덩이
큰 아가리를 벌리고 힘차게 달려들걸
달 오르면 때를 기다렸다가
어둠을 집어삼킬 만큼 짚불이 오르면
놈들이 더 이상 몸통을 숨기지 못하도록
숨은 달집들을 몽땅 태워 버려

환상을 여기저기 숨겨 놓고
타락을 그림자 벗듯 사라지는 놈들
한바탕 쥐불놀이

오선상의 새날

마음을 따라 나선 악상 같습니다
오선상을 뛰노는 악보 같습니다
새벽이 나고 해 오르면 장조로 뛰놀다가
해거름 우울히 단조처럼 초라해지겠지만
양 무릎 사이
새날을 기다리다 잠든 머리 위로
수억 톤의 하늘 문이 열리면

운명을 지휘하는 빛의 물결들
파동하며 불사르는 물결들
요동치고 감동하는 파국의 물결들
몰아칩니다

마음을 진동하면 생기는 音
눈물의 현을 끊고 살아나겠습니다
핏물을 쏟고 부활하겠습니다
새날의 예정대로
삶의 관에 희락을 담아 외치겠습니다

현악기로 진동하든 관악기로 외치든
사람의 순음과 신성한 바탕음 속
저절로 어우러지는 배음들
온갖 타악기 소리, 부서지는 소리

갈등하는 소리들
오랜 세월 단련된 인내의 귀로
세고 여린 삶의 풍성한 음색으로 듣겠습니다

初夜

언 땅 깊숙이 마음을 묻고
무심히
펄펄 피워 올린 그리움

하늘구름에 닿았는지
무중력의 하늘에 폭설 쌓이고
가지가지
억만 송이 꽃이 피다

사주단자가 오르내리고
吉日이라 혼례 치른 날
신랑각시 벙싯벙싯
천지간에 벙글벙글
하얗게 밤이 덮였는데

에구머니, 짓궂은 구경꾼들
문이 폭삭 무너지다니
초야도 치르기 전
가시버시 눈에 갇히다

고독, 그 간절함

깊을수록 봄 더 간절합니다
깊을수록 여름 더욱 간절합니다
가을만큼 몸이 달은 겨울 탓인지
간절한 날입니다

어제만큼 절실한 오늘
오늘만큼 가까운 내일
세월만큼 그리운 당신
잊을수록 더 가깝습니다

더 간절히 깊을수록
더 절실해질수록
후회 때문인지
더 보고 싶습니다

光明

낮 스위치를 내리면 밤이 되는 것이냐
네 분노는 식지 않았는데
네 주장은 관철되지 않았는데
또, 네 투쟁도 채 끝나지 않았는데
해거름 놀도 없이 깜깜해지는 것이냐

아직 아니다
죽음이 오기에는
절망이 오기에는
또, 부활하기에는

밤 스위치를 내리면 낮이 되지 않는다
내 교만은 아직도 부끄럽고
내 경청은 아직도 먼데
아, 나의 화해는 채 다가가지도 못하고
새벽 일출도 없이 燈을 끄면 안 된다

밤과 낮 사이
별과 달 같은 삶을 위해
광명을 두지 않았느냐
정색도 반색도 말자
서로 뒷모습이 부끄럽지 않게
다순 눈길로 지켜 주길

노인에 대하여

주어진 시간이 얼마나 남았지
누가 내게 시간을 주었지
누가 시간을 한정했지
매일 주어지는 86400초의 시간들
매일 일어나는 86400초의 사건들

사랑받았다는 깊은 감동
죽도록 사랑했다는 기막힌 정열
때론 축복 그리움
손바닥 뒤집듯
왕에 쫓기고
살인자로 양치기로
해방자로 온 광야를 지났다

노인아 가라
이 땅의 해방자로
거룩한 인도자로 가라

닳고 헤진 신발로 가셨다
겸손한 발바닥으로 묵묵히 가셨다
끝없는 시간 속으로 끝없이 가셨다
나의 모세先生

천 개의 바람

하나의 바람이 불어도
천 개의 바람
그리움의 꿈결 같은 속삭임의
햇살을 가르는 오랜 기억 속의 노란 바람들

촘촘한 봄날
잔잔한 바다 위로 미풍처럼 실려 와
폭설처럼 무너진 노란 햇살들
천 갈래 바다들

바람결에 흩어지더라도
커피 향 짙은 노을이 피면
꽃밭에 앉은 꽃燈인양 돌아와
서로 맹세하자
사랑은 후회하지 않는 것

하나의 바람이 불면
천 개의 귀가 되어
천 개의 노래를 듣겠다
한결같은 戀歌
꼭 하나의 숨결로만 듣겠다

물길

나는 버려진 물이 아니다
갈증이 아니다
순종하기 위해 일체의 무게를 버리고
겸손하게 물 밑을 흐르는
노을 곱게 물든 물길이다

길에서 만난 첫 사람의 동행처럼
풀들이 자라고 초록이 자연스레 발목을 적시면
쏘가리 모래무지 살고 맹꽁이가 뛰어놀도록
넘실대는 가슴으로 구불구불 내어 주는 물길이다

초막 샘에 스며
연못이 되고 내로 흘러간 많은 물속
호수에 엎드려 온 세상에 두루 이르기를
수면 위 반짝반짝 간청하는 신실한 물방울이다

때론 달의 인력을 틈타 해변으로 밀려갔다
삽시간에 깊은 바닷속 많은 물과 어우러진
향기로운 기억 감미로운 기록이기도 하다
적도에 붉은 해당화가 파도처럼 일면

새벽별처럼 반짝이다가
겨울 해풍 속

먼 그린란드의 극치의 빙벽이기도 하다

오로라 황홀한 밤
미뉴에트에 몸을 맡기고
밤새 춤을 추는 소녀의 환회에 찬 눈물이기도 하다

만찬

죽기 전에 밥 한 번 꼭 먹이고 싶다며
된장국에 보리밥이면 될 것을
가슴살, 손아귀살, 발등 살
쩍쩍 썰어 구우시고
곱게 빚은 포도주가 한 순배씩 돌고 난 후
당신은 한껏 예를 갖춰 웃으십니다
눈물 가득 고인 채 웃어 주십니다
고마우신 아버지

연애편지

지옥 같던 날이 새고
불도장 같은 해가
맹세처럼 오르면
더 이상 죄짓지 말고
내 몸같이 사랑하자

불 조각의 하늘에
부르튼 입술과 입술
너의 신앙만큼
나의 팔뚝이 굵어지면
오, 애인아
눈물처럼 뜨겁게 키스를 하자

새벽이슬

다운증후군을 앓는 천사들을 위한 작은 노래

아름다운 사람
영혼이 맑고 투명해서
세상 밖으로 텅 비어 있는
유리알 같은 사람

시작은 흐르는 별 중
가장 낮은 곳에서
멈춰선 듯하지만
숨소리 맑은 날

달과 별 사이 꽃과 잎 사이
하얗게 머금은 수액처럼
오랜 세월 은밀한 약속을
소리 없이 품고 있다

아이 같은 사람
눈물 속에서도 웃음 냄새가 나는
아지랑이 같은 사람
겨울 별 밖으로 나가
마른 이기심을 버리고
이미 부활한 사람

황량한 겨울 속에도
핏발 선 야생늑대의 끈질긴 추적에도
느리고 더디지만 촘촘히 긴장하며
장애와 편견과 오만한 지식 앞에
서릿발처럼 당당하라

세상 밖의 사람 천상의 사람
잠들지 않아도 꿈을 꾸는
동화 같은 사람아

축제일

선달 그믐날 골목을 빠져나온
음력의 사람들 부둣가 깃발처럼
옹기종기 인력시장에 앉았지만
부질없다 탁 막혔다

활자에 불붙는 시간들
드럼통 타다 남은 철자들
재가 되도록 애드벌룬 아래
모였다지는 구름 같은 인력들

들판마다 산천마다
마천루를 천당처럼 짓기 위해
거대 거푸집에 황금 주물을 붓고
靑天의 조각을 맞추기 위해
지구 밖 구름 飛階 위를 아슬아슬 딛고
필사적으로 고정쇠를 박는 사람들

호기로운 날
방방곡곡 태양처럼 떠돌다
하나 쥔 것 없이
녹슨 철골들의 幽宅으로
허허로이 돌아온 저녁

겨울 역사가 된
신문의 한 귀를 잘라
불을 놓는다
옹기점 같은 사람들이 별 따라
달의 거리로 돌아오고 있다

한 해를 거두며

나그넷길 인생길
그리움 아쉬움 가로수길
설렘 두려움 새벽길
수없이 놓인 터널길
돌아보면 또렷이 새겨진 길

출구 가까울수록
희망 닮은 절망이 기다리겠지만
한번 가면 돌아올 수 없는
그 길 괜히 왔다
누구도 말하지 마라

아침이 저녁 되는
인생
물리칠 만한 부요냐
견딜 만한 인내냐
정오 같은 소망이냐

터널을 나서라
절망의 허상을 털어라
얼음 속 진흙들아
찰진 시간들이 뭉치지 않았느냐
인내하라

끝에 이르다

겨울이다
새가 내려앉고
천지가 잠들고
밤은 가장 길고 멀어졌다

버금갈 만한 날
大雪 품고
달빛 물결을 저어
숨어든 밤

남쪽 바다에 다다르기 전
빈발을 위해
더 깊이 무너져
온 바다를 입어야겠다
끝에 이르리라

독도

철사 줄로 꽁꽁 묶인 포로처럼
뒤돌아보고 또 돌아보며
맨발로 떠나지 않았다

성난 사자들이 국치를 잊지 못해
울분하며 성난 바다를 몰아쳐
천년만년 살고 있다

눈 오는 날

눈 오는 날

새벽길을 나섭니다

얼어붙은 별빛

점
·
점
·
이
·
내 · 리 · 고
·
雪 · 上 · 加 · 霜

천지 가득한 백색 하늘

밤새 태워 올린

향기로운 기도

연무들

하늘 바다 위

꽃처럼 쌓입니다

詩의 문턱

신의 형상 아담, 아담의 뼈와 살 이브
둘은 사람처럼 부부의 연을 맺고 살았다
한 번도 신을 본 적 없던 그들

서로 얼굴을 보고 신의 형상을 떠올렸다
세월이 흘러 그들은 모두 죽었다
그들이 신이 아니었다는 사실 외엔
어김없이 니체 역시 사람답게 죽었다

이 과일을 먹으면 정녕 죽으리라
금기는 범행동기
상상의 금기, 선악 구별의 눈
그렇게 피조들의 창조가 시작됐다
틀림없는 상상의 범법자였다

사람의 조상 아담, 인간의 조상 이브
생물적 조상 아담, 사회적 조상 이브
최초의 관객 아담, 최초의 행위예술가 이브
출산고통은 인류 어머니 죄 몫
죽도록 생계는 인류 아버지 죄 몫

운명을 뒤바꾸는 삶의 반란, 상상들아
뇌를 충동하는 탐욕의 변혁, 상상들아

금기와 충돌하는 강력한 위반, 상상들아
억제하는 두려움을 넘자
치명적인 매력을 자극하자

발목 잡혀 갇히지 말고
신은 죽었다는 절대적인 절망을 넘자
문명의 문턱 상상의 문턱을 넘자

詩作

나는 너를 쓰고 너는 나를 읽는다
사실은 네가 나를 쓰고 나는 너를 읽는 중
나는 너와 섞이길 원하고
너는 나와 철저히 분리되길 요구하지만
언제부턴가 그마저 포기한 채
우리는 함께 살았다
속살 냄새마저 닮아 가며
네가 나를 앞세웠던 걸까
내가 너를 만들었던 걸까

겨울초대

겨울아, 나를 부른 것이냐
눈부시게 속살 깊어진 날
바삭거리듯 낙엽소리로

겨울아, 나를 부른 것이냐
오감에 찬 환희로 떨며
사슴처럼 뛸 듯이

겨울아, 나를 부른 것이냐
절정의 숲을 가로질러
하늘로 별로 밀어내는 것이냐

겨울 호수

겨울 호수는
싱싱합니다 깊습니다
순수합니다 눈부십니다

물 밑 끝없이 살아나
단단한 고난을 풀어 줍니다
겨울 호수는
따뜻합니다

슬픔이 물결치고
눈물이 슬픔을 밀어 갈 때
겨울 호수는
볕을 잠시 얼려 둡니다

맑고 센바람 불면
힘찬 냉가슴으로 출렁이며
첫사랑을 위해
그리움의 노래를 부르는

겨울 호수는
은색의 눈꽃을 피워
후회 없이
밤새 물결칩니다

전상서

내 안에 당신이 있습니다
원래 전설이었던 당신은
나의 원형입니다

원형대로 살기 위해
모형으로 살았지만
이젠 당신과 백년을
함께 살기 위해 당신을
내 안에 모시고 살렵니다

그러니 당신은
해, 달, 별처럼
내 안에 함께 살며
나의 출입을 살피소서

어머니의 말씀

편안히 내어 준 품이 철학이 되었습니다
행복하게 물려준 젖이 예언이 되었습니다
세월이 흘러, 어머니전상서로 시작된
이 많은 그리움이 이제야 나의 성서가 되었습니다

가시밭 세상 무지렁이로 살지 말라
좋은 것만 보이고 맛난 것만 먹이더니
세월이 흘러, 깡마른 십자가나무 같은
이 많은 희생을 어떻게 다 기록하겠습니까

물속 돌멩이 하나 고샅에 핀 들풀 하나
생김대로 품성대로 지어 부르신 어머니
세월이 흘러, 머무른 흔적이 남지 않도록
가만히 놓으시는 쥘 수 없는 이름

온 사람 기도가 되신 위로의 어머니
온 누리 축복이 되신 사랑의 어머니
순한 마음으로 생각을 다지고
편한 혀로 언어를 빚어 향기롭게 하신
나의 어머니여!

옷걸이

흔적을 벗고
질긴 인연을 끊고
삶의 영정을 내걸면
길 끝을 나는 운명의 새처럼
날아가리라
날마다 목을 매는 새처럼

날개를 훨훨 벗고
절벽 위
고도의 하늘을 향해
지금 꿈꾸는 이들의 꿈으로
날아가리라
날마다 운명이 된 새처럼

욕(辱)

욕이 폈다
욕심으로 탐욕으로 정욕으로
제각각 다른 표정
욕지거리로 폈다

철 따라 폈다 지는
화원의 꽃그늘처럼
생각들이 폈다지는
마음의 분은 아닌지

지난 생과 남은 날을 위한
반향의 외침 중
잘 다려진
변명은 아닌지

고인 우물 속
돌 틈 사이 검푸르게 퍼진
용서할 수 없는
내 허물은 아닌지

기도

물이냐
돌인 듯 구르는 것이
불인 듯 소리치는 것이
절망 가득한 네 노래냐
물 깊은 네 위안이냐
가엾구나
풀잎처럼 소중한 너의 절규야

차라리
폭풍 치는 날
폭풍 속에 들어가
외치라
벙어리의 애통한 수화로
귀머거리의 간절한 수화로
아버지께
아버지께

물로 치듯
돌로 치듯
불로 치듯
엉엉 우는 소리
바람 끝
힘껏 펄럭이는 소리

새벽기도

천둥벌거숭이가 되어
죄를 씻으러
하늘 물가로 갑니다

감히 살아 있는
사람의 모습으로
하나님 닮아 돌아옵니다

비둘기

벽안에
기상나팔이 울리고
아침 배식이 있기 전
어느 별에서 날아오는지
어느 샘에서 길어 올린 소식인지
아름답고 싱싱한 얘기들을
망사에 걸린 햇살처럼 나누며
뜰 앞 가득히
말씀을 나누는 친구들

죄인의 곁에서
절망을 눈물로 메우다가
구구구
황혼에 날아갔다
새벽이슬에 반짝반짝 돌아오는
검고 흰 저 무채색의
희망들

새 아침 새 바다

새 아침이 새 바다에서 부활합니다
새 마음이 새 바다를 향해 숙일 때
희고 맑은 물결들이 덮어
하늘로 숨 쉬게 합니다

숨었던 생각들이 튀어 오르면
이를 놓칠 새라
포경의 긴 창을 풀어
복판을 향해 힘껏 던집니다

창은 내 안의 판단과 정욕을 꿰뚫고
굵은 동아줄에 몸부림치다
육신의 밤은 온 바다에 피 뿌려 죽고
새 아침이 새 바다에서 다시 살아납니다

묵상

끝없이 꽃 향을 채우는
주님의 화분이여
임하소서

본성이 꽃이신
영원한 향기를
피우소서

꽃 중 영원히 시들지 않는
생명 꽃 하늘 꽃을
드러내 주소서

하늘노래

하늘이여
내 안에 눈뜬 하늘이여
눈뜰 수 없는 극치의 새벽

혼돈을 묶습니다
날뛰는 육체를 묶습니다
오만한 나의 생각을 묶습니다

수면 위 빛이 방울져 스미면
많은 물속 많은 눈물이 터져
불순의 껍질들이 떠오르게 하소서

문밖 감시의 적들이
어둠처럼 나를 몰아 가두지만
별이 된 나는 이미 밤을 가두었습니다

내 안 눈뜬 하늘이여
거룩한 빛을 내어
온 세상이 꽃처럼 활짝 피어나게 하소서

교회

형제여
우리가 연합하는 것이 얼마나 보배로운가
자매여
우리가 사랑하는 것이 얼마나 아름다운가
황금이 더하지 못하리라
유향이 더하지 못하리라
몰약이 더하지 못하리라
하늘에 심은 한 뿌리 사랑이
한 가지로 열매 맺기까지
저 부드럽고 신비한
새벽향기 속
미끈하고 눈부신 빛들이
시온을 덮었다
청정한 진액의 교회여
진리의 성령으로 흐르자
복음의 물결로 흐르자
막힘없이
끊임없이
차별 없이

세상

세상은 국가가 국민의 표현 자유를 보장한 언약무대입
니다
불법을 깨고 민주와 자유로 투쟁하는 현장이기도 합니다
구속과 위협을 무릅쓴 사람들이 사는 평화한 마을입니다
미명에 숲을 가로지르는 겁 없는 시인의 세계입니다

삐걱대는 수레를 오랜 세월 끌고 온 노구의 사연들처럼
정점에 오른 사람들의 무용담처럼
새 시대를 꿈꾸는 청춘들의 도전처럼
20 60 80 100배속의 중단할 수 없는 트랙입니다

어둠에 갇힌 밝은 이야기를 발굴하렵니다
비밀에 덮인 진실한 이야기를 증명하렵니다
허구의 농무(濃霧) 속에서 걸어 나와 실체와 사실을 보
렵니다
시처럼 수필처럼 소설처럼 희곡처럼
때론 평론처럼 그렇게 살다 가렵니다

빈 날
빈 그리움

ⓒ 이남용, 2021

초판 1쇄 발행 2021년 3월 30일

지은이   이남용
펴낸이   이기봉
편집   좋은땅 편집팀
펴낸곳   도서출판 좋은땅
주소   서울 마포구 성지길 25 보광빌딩 2층
전화   02)374-8616~7
팩스   02)374-8614
이메일   gworldbook@naver.com
홈페이지   www.g-world.co.kr

ISBN   979-11-6649-499-4 (03810)